Lino García Morales

Wakamba

© Lino García Morales, 2021
© Belkis Ayón, *Desobediencia*, 1998. Imagen de portada: Fotografía de José A. Figueroa. Cortesía y Copyright © Estate de Belkis Ayón, La Habana, Cuba.

Edición e impresión por BoD – Books on Demand
info@bod.com.es – www.bod.com.es
Impreso en Alemania – Printed in Germany

ISBN: 978-8-4137-3039-4

A Hugo, Héctor y Viki,

El cuerpo de Mayra apareció perfectamente empaquetado en nueve cajas de idéntico volumen. El asesino había utilizado la cabeza como referencia. El resto ocupaba más o menos lo mismo. Nueve cajas como cualquier nivel del cubo Rubik, como las nueve partes del cuerpo que no necesitamos para nada, como una entrega de residuos de sobras evolutivas. Una máquina que, aunque conservara todas sus partes, aunque se tuviera a mano un plano para recomponerla, aunque se armara con sumo cuidado, jamás funcionaría de nuevo. Solo serviría, si acaso, para descubrir quién lo hizo.

Tom y English jamás habían visto algo semejante; muchos menos en formato compañera de trabajo, investigadora forense, colega. Nunca lo hubieran imaginado, ni representado, no creído; mucho menos que les tocaría a ellos la responsabilidad de levantar el cadáver. Podían haberse negado, cualquiera lo entendería; pero, sabían de sobra que no debían. Mayra no era una hermana o una prima o alguien consanguíneo; era solo una buena chica, joven, amable, que se esforzó todo lo que pudo y más para estar al nivel de las circunstancias que "dejó" Danger durante un tiempo que, aunque pareciera una eternidad, no llegó a los diez meses. Mayra no era una amiga, aún no les unía nada trágico, nada de sangre, nada excepcional; era la ex-becaria, la aún no considerada lo suficiente por mucho que se esforzara. Negarse solo sería entendido como una debilidad.

No podían asegurarlo, pero intuían que esa forma atroz y cercana, a partes iguales, tenía mucho más que ver con un mensaje que con un crimen perfecto. Todo el escenario estaba limpio. Nadie había oído nada. Nadie sabía nada. Ni siquiera la conocían. Mayra vivía en un edificio destartalado, de esos que acarician los jardines del Capitolio con lo poco que le queda de dignidad. Vivía sola en un espacio que alguien ascendió a la categoría de apartamento por obra y gracia de la indisciplina, corrupción y especulación, en la azotea; en esa zona que, de desplomarse, se llevaría la peor parte; en esa parte destinada a palomas, amantes y voyeurs. Vivía como un fantasma que entraba y salía sin dejar ni sombra a través de una puerta reforzada con un forjado de hierro y un enorme candado. Varios vecinos dijeron que, durante la noche, aproximadamente desde las nueve hasta las doce, desde "arriba" se oía música a todo volumen. Parecía rock, dijeron, y que esa mujer era muy rara; eso fue todo. Faltaba conocer al mensajero y descifrar el mensaje. Era una madrugada fría.

Tom y English comprobaron de golpe lo que desdeñaron saber todo ese tiempo. La vida de Mayra era un misterio para ellos. Nunca dejó de ser "la nueva", aunque, a fuerza de costumbre y de su actitud, llegó a algo similar a la "integración". Ella nunca fue Danger; ni siquiera era la Jefa. Era imposible competir con la estela, demasiado larga y ancha y alta, de Danger. Tom fue el encargado de relevarle y ella de relevar a Tom. Así son de imprescindible la gente por mucho que no alcancen a comprenderlo. La American Patrol dejó de ser la American Patrol cuando Danger "se fue". Desde entonces fue la Brigada 10; más o menos parecida a la 7, 8, 9 o 12. Mayra tenía mejor humor para aguantar la escasez de humor de English y mayor paciencia para sobrellevar las rarezas de Tom; pero, para ser como ellos, para llegar a ser como ellos, no bastaba su aguante y paciencia; ni siquiera sus méritos.

Nunca dejó de ser la guajira que ninguno supo de dónde vino o se graduó, por muy detallado que estuviera en su expediente. Nunca dejó de ser la becaria que no era becaria; ni era fea, ni bonita; ni estaba mala, ni estaba buena; ni era muy buena, ni era muy mala. Hacía su deber, se esforzaba, había estudiado duro para eso, aunque a veces metiera la pata, aunque no tuviera suficiente experiencia, aunque no fuera tan rápida, intrépida y resoluta como Danger. Aunque no lo supieran, aunque no fuera expedito, Tom y English no la hubieran cambiado, ni cedido, ni rechazado, en ninguna circunstancia. Era seria, seca, directa, demasiado seria, seca y directa; pero se habían adaptado a su débil presencia. Era buena persona y mejor investigadora. Con eso bastaba para mantener un equipo unido.

Por fortuna, el cuerpo estaba fresco. Mayra no fue a trabajar por segundo día consecutivo, English no pudo localizarla y en medio de una investigación urgente, se acercaron a su apartamento por si sucedía algo, por si acaso. No fue, con precisión, una corazonada, sino más bien un procedimiento no rutinario impulsivo. La puerta no tenía seguro y las cajas estaban perfectamente colocadas en el suelo, en el centro de la habitación. English tuvo que sacar su cabeza de una de ellas, tuvo que luchar para no expulsar el escaso trozo de pan y café con bilis de su estómago que había apreciado bien temprano en la mañana, tuvo que pensar en no pensar para no verle, tuvo que analizar todos y cada uno de los restos. Pensaba que no era ella, que no podía ser ella, para poder realizar su trabajo; pero es difícil, imposible, cuando sus ojos vacíos le miran sin poder decirle quién fue. El asesino usó una sierra de mano y un cuchillo afilado; podía leerse en todos los cortes. Uno para piel, músculos y vísceras; otro para huesos. No había rastros de sangre. Primero la vació y luego la descuartizó. Ni siquiera había televisor, ni radio, ni microwave, ni señales de robo.

Solo detectaron, una vez hechas las primeras pruebas, rastros de GHB en tejido, el ácido gamma-hidroxibutírico, la droga del violador.

Llamaron a Danger. Casi de manera automática, la presencia de GHB en aquellas cajas simétricas, les hizo agarrar un celular y llamarle por WhatsApp. Danger permaneció en silencio mientras Tom primero, y English después, narraban el horror; Danger solo se llevaba las puntas del cabello a la boca y mordía sus dientes. *Se quien lo hizo*, dijo.

Danger sabe que resolver un caso consiste en encontrar un correlato forense plausible a los hechos; demostrable mediante pruebas científicas irrefutables; pero, de la misma manera, sabe que cada caso puede tener más de un correlato forense plausible a los hechos. Sabe que un caso resuelto no es, con exactitud, un caso resuelto. Sabe que el asesino sometido a la ley puede no ser el asesino. Sabe que el asesino del caso resuelto puede seguir libre, suelto y exaltado por su victoria. Sabe que los casos nunca se resuelven con un cien por cien de certidumbre. Sabe que cada caso le quitará el sueño durante un tiempo y sabe que el tiempo es, de cierta manera, un control acerca de esa incertidumbre.

El Caso-Pinga se cerró sin tener ni una sola prueba de quién fue el asesino o de si hubo tal asesino. Danger lo hubiera dejado atrás, como tantas otras cosas a las que tuvo que renunciar en su fuga, si no hubiera sido por Mulet. Los casos no son solo casos. Se conectan entre sí como lo hacen las raíces bajo la tierra o el aleteo de una mariposa y un huracán. Lo hacen en esa larga sombra del noúmeno donde habitan las cosas sin nombrar. Mulet se acercó desde otra parte, desde donde podía ver mejor unas cosas y peor otras, justo desde el lado opuesto desde donde se acercaba Danger. Ambos buscaban cosas diferentes, aparentemente inconexas, pero casi nada está desconectado.

Lo que está aislado perece; los científicos le llaman muerte térmica. El aleteo de una mariposa en La Habana provocó un huracán de categoría 5 en Miami. En apariencia, la investigación de Danger triunfó. En apariencia, la investigación de Mulet fracasó. La actividad cesó en ambas partes, pero nadie pudo asegurar que los Casos estaban cerrados.

Después de su desaparición, muchos correlatos forenses plausibles a los hechos señalaron a Mulet; aunque, con la misma imprecisión, que antes no le señalaron. La probabilidad de un suceso casi nunca es 0 o 1. Por muy raro, inexplicable o extraño que pueda parecer, lo improbable no es improbable; de la misma manera que lo muy probable, no es muy probable. Podría parecer hasta lógico, que cualquier dígito tiene la misma probabilidad de ser el primero de un número; sin embargo, esto no es cierto. Es más probable que un número empiece por 1 que por 7. Las cosas del hombre no son como parecen a simple vista, no son tan aleatorias como se creen.

Había pasado poco tiempo, un tiempo suficiente para no ganar el control a la incertidumbre e insuficiente para todo lo demás. Danger buscó a Mulet debajo de las piedras en falso. Todos sus amigos del cuerpo de policía siguieron siendo sus amigos y continuaron buscándole también debajo de las piedras sin éxito. En un país tan grande, con ciudades tan pobladas y pueblos tan despoblados es fácil pasar inadvertido. Sabía de sobra que solo le cogerían si actuaba, pero Mulet permanecía en silencio, *off*. Ningún caso parecía tener su huella, o indicio suficiente de su presencia. Danger trabajó mucho más para el Departamento; de hecho, podía haber trabajado exclusivamente para el Departamento, pero no lo aceptó por, aunque no lo dijo, incompatibilidad de intereses.

Danger estaba dispuesta a dividir la cabeza de Mulet por el centro y un agente del departamento no debería estar dispuesto a matar a un asesino solo por satisfacer sus deseos de venganza y, quizá, de alguna manera... de justicia. Cuando el odio es la última bala, apuntará hacia ti, aunque salga en cualquier otra dirección.

Tuvo acceso a todos los casos que formaron un correlato forense plausible al modus operandi de Mulet; los estudió uno a uno hasta conformar un perfil psicológico que iba más allá de cualquier intuición que tuviera sobre el verdadero Mulet.

Tú tenías muchas cartas para jugar Mulet. De hecho, desde que decidiste acabar con Lulú, activaste tu plan de cambio de identidad. Podías ganar, pero también podías perder y, mira por donde, fue lo que pasó. Perdiste. Pero no se pierde "para siempre", una derrota es solo una derrota. Antes de que liberaran a Mimi, antes de que tu foto llenara todos los corchos de todas las comisarías, antes de que tu cara bella ocupará miles de miles de emails, periódicos, telediarios, antes de que te olvidaran, tenías que aprobar el examen de lo que nadie mejor que tú sabía: borrarse.

Tenías una identidad preparada: Karla Loraigne. Una pobre chica atrapada en esa red de pervertidos que a la policía se le fue de las manos cuando Danger tiró de la sábana en La Habana. Una chica a la que robaste su identidad porque, así de simple, se daba un aire a ti. Tú eras más bello Mulet; solo con un poco de maquillaje y delicadeza, podías convertirte en ella y pasar por ella. Ambos delgados y altos. Nunca te gustaron los hombres, pero tú eres un depravado que cree que la mujer es un hombre incompleto; se trataba solo de un complemento. Fuiste tan cínico y ellas estaban tan acostumbradas a tus depravaciones que, cuando le pediste que te convirtiera en ella para tener sexo contigo como si fuera ella misma, hasta le pareció divertido. Después se asustó. No debe ser fácil experimentar placer con uno mismo dentro de una misma. Pero estaba siempre demasiado colocada; ni siquiera llegó al orgasmo, como casi todas las veces que la penetrabas. Fingía Mulet y tú fingías que eras ella y ella debía seguir fingiendo que eso le perturbaba tanto como le arrebataba. Solo Martín podía recordar su cara el día que la encontraron muerta por una sobredosis de morfina. Pero eran demasiadas caras y demasiados nombres. Podías correr el riesgo y lo hiciste. La destruiste y jugaste a ser ella y funcionó. Incluso tuviste el valor de probar con Lulú y funcionó. Se desquició con tu verga dentro y esa chica encima. No la conoció. Nunca supo lo macabro de tu juego, pero sirvió de juez para tu experimento y aprobaste con matrícula de honor. Te borraste sin moverte de Miami. Llegaste a tu nuevo hogar, que alquilaste como Karla, en la mismísima ciudad de Boca Ratón y nunca más fuiste Mulet fuera de esas paredes. Lo hiciste, Mulet, y mientras todos te buscaban, tú brindabas por ti.

Pudiste ver de muy cerca cada jugada de Danger, incluso cruzarte con ella en cualquier esquina sin que sospechase, pero no te arriesgaste a ese extremo. Hacía falta tiempo, un poco de tiempo para desquiciarte, para conocer cada detalle de tus rutinas, un tiempo suficiente para llegar a tu casa, con tu consentimiento.

La droga del beso, el buche, la súper viagra, no era una novedad para las autoridades. Había indicios de tráfico y consumo a través de unos pocos casos reportados al Instituto de Medicina Legal de La Habana, que habían destapado la alerta en el Consejo de Estado, la Comisión de Seguridad Nacional, el Ministerio del Interior (MININT) y el Ministerio de Salud Pública (MINSAP). Todos estaban pendientes, todos lo guardaban en el más estricto secreto y ninguno conseguía llegar a las fuentes. Todos creían saber de donde procedía, aunque no tuvieran ni una sola prueba, aquella sustancia que provocaba "efectos euforizantes con desinhibición y estímulo sexual", que podía provocar un coma, afecciones en el sistema respiratorio, con un sinnúmero de efectos secundarios agudos, e incluso desembocar en la muerte. Todos deseaban descartar que provenía de los mismísimos laboratorios de BioCubaFarma o de cualquier otro laboratorio del sistema de Salud Pública. Todos querían culpar hacia fuera. Pero no había ninguna muerte, solo un número insignificante de casos de intoxicación reportados en La Habana, hasta llegado el caso-Capitolio. Era un cadáver con restos de la sustancia, aunque todos sabían que los muertos no consumen drogas, mucho menos un miembro de la brigada forense número 10.

A Mayra la drogaron, mataron y empaquetaron, como si la hubiera drogado, matado y empaquetado un fantasma. Era como si una presencia del más allá atravesara los pliegues del multiverso, se la llevara eufórica y regresara con la paquetería lista para entregar su mensaje sin que nadie de este mundo, por muy chismoso, chivato o vigilante que fuera, lo hubiera notado. El caso-Capitolio era un auténtico fallo del sistema, un agujero de seguridad, un ataque al mismísimo corazón de la institución CONTROL.

English sugirió que todos los vecinos estaban implicados. No podía ser de otra manera. Tom los entrevistó uno a uno, revisaron todos sus expedientes; más profusos que un currículum o una biografía. Ninguno superaba un robo de baja altura, una estafa de poca categoría o algún que otro acto de prostitución. Nadie vio, ni oyó, ni olió, ni tocó, nada. Muy raro en un lugar donde el que no ve, escucha y el que no escucha, huele y el que no huele, toca. Todos parecían abducidos por la rutina cotidiana. Todos sobrevivieron a aquel día, excepto Mayra.

Pasaron las hojas del calendario sin ningún avance. Tom intentó hablar con Danger varias veces sin éxito. No se atrevió con Sofía. Llamarla podía activar alguna alerta innecesaria. *Ahora no puedo hablar. Luego te llamo.* Imaginaba Tom como si fuera una respuesta automática, como si nunca fuera el momento apropiado. Así transcurrió una semana inútil de intensos interrogatorios, de revisiones de transcripciones, de vigilancia aleatoria; pero Tom sabe que nada es inútil del todo.

Poco ha cambiado en la oficina que una vez ocupó Danger. El techo ha perdido alguna losa de yeso más, los cables siguen su serpenteo descuidado hasta la luz y el ventilador, falta más que una mano de pintura en cada pared y un tornillo en una bisagra.

Todo sigue descuidado; a medias; entre empezar y terminar. Esos espacios nunca llegan a pertenecer a alguien del todo. No se adaptan a las dimensiones de las personas. Tom ocupa ahora una silla que no es suya. Las lluvias de ideas, protegidas por ese cartel de NO MOLESTAR, que ya ni molesta, son más bien sequías de ideas. English ha salido. Danger no contesta. Mayra está muerta. Todo está empantanado.

Mayra, la sustituta que no era fea, ni bonita; ni estaba mala, ni estaba buena; ni era muy buena, ni era muy mala. Mayra, la experta en muertos. Mayra, esa desconocida tan femenina a la que no era capaz de imaginar con una camisa o pantalón. «Pantalón». Tom se estremece. Busca su libreta y recorre con frenesí las páginas llenas de notas. Alguien toca a la puerta, pero no es el momento. Tom rastrea sus notas. Sabe que ha pasado algo por alto. Solo tiene que encontrarlo. Vuelven a tocar. Quien quiera que sea va a tener que esperar. «Pantalón». Es una pista. Al fin encuentra lo que busca. *La vi subir por las escaleras cerca de las diez. Iba vestida con un jean y un pulóver de camuflaje*, había declarado una vecina. Era eso. La última persona en subir no había sido Mayra; la habían confundido con Mayra.

–Adelante –dice con prisa empujando la puerta–. No tengo mucho tiempo...

Una mujer morena, muy alta, sacada de un campeonato olímpico de lanzar piedras, aguarda con los brazos cruzados.

–Perdona –se excusa Tom extendiéndole su mano–. ¿Querías algo?

–Soy Alina, la nueva –se presenta.

No había duda: el crimen de Mayra debía estar relacionado con Mulet. No había guantes y cubrezapatos desechables (tampoco huellas), no eran bolsas biodegradables compostables (sino bolsas de plástico, a medio camino entre la jaba y el *shopping bag*), tampoco hallaron bolsas de depercarbonato sódico o alguna carretilla porque no se trataba de ocultarla, sino de mostrarla. Solo las cajas de embalaje y el ácido gamma-hidroxibutílico repetían para dejar la impronta. Ese era el mensaje; ese, y también que la próxima entrega podría ser Tom, o English, o cualquiera que sirviera para desquiciar a Danger y aniquilarla.

Cuando Danger colgó a Tom y llamó a la Embajada de Cuba en Washington, DC, Sofía notó cómo creció su exaltación de 0 a 100, la oyó cómo gritó sin escuchar y cómo, por último, lanzó el teléfono contra el suelo antes de rabiar. Estaba fuera de si. Y no estaba fuera de si por cualquier cosa que le hubieran dicho, sino por toda la tensión acumulada de vivir a sabiendas que ahí fuera, quizá enfrente del portal de la casa o muy cerca de tu jardín, había un sádico pervertido hijo de puta esperando la más mínima oportunidad para hacerles daño. Puedes soportar el insomnio un día o dos o tres, pero no una semana, no un mes, no un año.

Ninguna alarma es fiable, ninguna guardia es infalible, cuando esperas un ataque como única prueba de su existencia. Si pierdes a un ser querido, sin pruebas de su extinción, estarás condenado para siempre porque por muy raro, inexplicable o extraño que pueda parecer, lo improbable es tan improbable como lo muy probable, no es tan muy probable. Siembre habrá una ínfima, infinitesimal probabilidad, de que el suceso más probable resulte improbable, de que esa persona no esté muerta, sino desaparecida. No te puedes despedir si no tienes la firme constatación de que se ha ido.

Mulet desapareció sin ninguna constatación acerca de la imposibilidad de su vuelta. La probabilidad es baja, bajísima, ridícula. Nadie en su sano juicio arriesgaría tanto; pero Mulet es un psicópata, un perturbado de manual, un loco. *Escúchame bien psicópata de mierda*, le dijo Danger en un tono de voz suave y bajo antes de patearle la cara y provocarle el aturdimiento, *porque no pienso repetirlo. Cómo te acerques a mi familia... te mato.* Luego no volvió a verle, nunca más, pero Danger sabe que Mulet tiene que liquidarla y que la única manera de evitarlo es adelantársele, es aniquilarlo antes. Mulet sabe perderse; pero, mientras exista, mientras que no haya ni una sola prueba de su no existencia, no puede bajar la guardia.

Sofía quiso mudarse. Las dos también saben perderse. Podrían desaparecer, cambiar la identidad, la nacionalidad, cualquier cosa; pero nada de eso les pondría a salvo. Danger prefirió esperarle y ganó, se salió con la suya; pero perdieron todos. Vivir sentenciado no es vivir. La angustia se convirtió en vigilia. Nada parecía seguro. Nada era ya posible sin esa constatación de no existencia.

El descuartizamiento de una inocente era un mensaje meridiano: era la constatación de su existencia, la prueba de su brutalidad y crueldad, de su determinación. LA TUMBA ESTÁ ABIERTA. Es improbable que se tratase de un imitador.

Solo Mulet podría, en primera persona, establecer una conexión entre Danger y Mayra. Solo él podría recrear el horror que infringió a Tropicana. Solo alguien que conoce los entresijos de la ley puede dinamitar la ley. Solo un perturbado como él podría actuar con tanto descaro. Tenía que ser él

Tom no podía hablar con Danger porque ella destrozó el teléfono y porque, de alguna manera, su vida estaba destrozada, despiezada y desesperada.

–¿Qué ha pasado? –preguntó Sofía cuando supuso que podría escucharle.

–Tengo que ir a Washington.

–¿Cómo que tienes que ir a Washington? ¿Qué coño es eso de que tienes que ir a Washington?

–Me han dicho que no puedo viajar a Cuba; que la única manera de encontrar una posible vía es que me entreviste con el Embajador Extraordinario y Plenipotenciario de la República de Cuba ante los Estados Unidos y le convenza de que, en efecto, se trata de un problema de Estado. Es la única manera.

–¿Por qué tienes que viajar a Cuba?

–Porque ese cabrón ha hecho a Mayra, lo mismo que le hizo a Lulú. Esa es la manera en que ha decidido salir de la oscuridad.

–¡Dios! –Sofía se llevó las manos a la cabeza para no perderla, pero ya era tarde–. Dios mío, ¡Dios!, tú no puedes ir a Cuba. No puedes dejarnos solos. ¡Ay, Dios...!

Danger la abrazó, lloraron nerviosas, temblando, palpitando. Sofía repetía en un bucle infinito. DIOS. Pero Dios no podía defenderles. Dios no podía perder la vida por ellos. Ni siquiera podía oírles.

–Tengo que ir Sofi, la vida de Tom y la de English y la de quien sabe quién más, está en peligro.

«¿Por qué?, ¿por qué?, ¿por qué?», se preguntaba Sofía, pero Danger tampoco podía oírle. Ella sabía las respuestas. Lo sabía perfectamente, tan bien como Danger. Se lo preguntaba, porque las preguntas retóricas sirven para cuestionarse a uno mismo, para cerciorarse de que está pasando lo que no debe estar pasando. ¿Por qué ha llegado el momento? ¿Por qué allí? ¿Por qué a esa inocente? ¿Por qué Danger? ¿Por qué?, ¿por qué?, ¿por qué?

–Esto es una pesadilla.

–Lo se Sofi, pero tengo que acabar con esto. Suzie, John, Martín, Luther, Michael, Phil, todos están con nosotras. Todos cuidarán de ti y de los niños. Si él está allí no puede estar aquí.

–No sabes si está allí.

–Ni si está aquí. Solo sé que lo que ha ocurrido allí es casi una copia de lo ocurrido aquí. Solo sé que tengo que acabar con él, antes de que él acabe con nosotras.

Sofía sabía que no podría convencerle. Ella hubiera optado por irse de Boca Ratón, bien lejos, lo más lejos posible. Ella hubiera elegido llamarse Betty Boop o Vilma Picapiedra. Danger le convenció que estar cerca de los amigos del MDPD les protegería, que quizá a Mulet le parecería imposible, que no le sería fácil comprobarlo. Sabía que no podría hacer nada, ni ella, ni ninguno de sus amigos. Sabía que le apoyarían, como habían hecho hasta entonces sin poder evitar, ese infierno de vida. Sin tener que rogar día tras día, noche tras noche, que pudieran llegar al día siguiente, para seguir rogando.

Te acostumbraste tanto a ser Karla Loraigne, que te olvidaste de ser Mulet. Te dejaste el pelo un poco más largo, como lo tenía Karla en todos los documentos que robaste y cambiaste todo tu vestuario. Aprendiste a usar blúmeres, panties, depilarte, maquillarte, peinarte; aprendiste a modular la voz, a suavizar el tono, sin mucha afectación; aprendiste a ser femenina, lo justo. No te costó convencerte Mulet: todos los hombres son mujeres incompletas. Todos somos un poco de lo uno y de lo otro y la sociedad cada vez, aunque con reticencia, lo tiene más aceptado. Necesitabas ser un poco de mujer y otro de hombre porque necesitabas encontrar trabajo y no cualquier trabajo, sino uno que te permitiera estar muy cerca de Danger sin levantar sospechas. Nada mejor que una compañía de seguridad, ¿verdad?

Era lo primero que contrataría Danger para su protección, solo era cuestión de esperar el momento adecuado para actuar, ¿a que sí? Primero probaste en ADT Security Services; estaba lo suficientemente lejos de la casa de Danger, pero servía de experimento. Falseaste un poco el expediente de Karla, ni siquiera había terminado *high school*. Tampoco para ser guardia de seguridad se necesita mucho más; un poco de artes marciales por aquí y otro poco de tiro por allá resultarían suficiente y así fue, funcionó a la primera.

Aceptaste un salario de mierda que no necesitabas y el compromiso de terminar una especie de formación de la empresa para empezar. Todo fue mucho más fácil de lo que imaginabas en el país donde aún quedan oportunidades.

Había mujeres, pero no más que hombres. Tenías que cuidar tus erráticos impulsos hormonales y controlar los del resto; pero no supuso un inconveniente. Sabías caer bien y mantenerte distante. Te aceptaron y después de atender llamadas en la oficina te subieron a un coche a patrullar con un compañero para aprender los gajes del oficio. Nada comparable con un policía. Todo sencillo. Estuviste en alguna tienda de Lincoln Road y en la bolera Strikes at Boca. Todo fue sencillo, pudiste hacerlo. Karla Loraigne tenía un futuro de guardia de seguridad prometedor. Solo en tus ratos libres, un día a la semana, te dedicabas a rastrear visualmente a Danger, Sofía y los niños. Todos te vieron, ellas y hasta Martín y Phil. Nadie se percató de tu presencia. Estuviste tentado de interactuar con ellos, pero te contuviste. Nada podía estropear tu plan maestro.

Por las noches, encendías tu portátil y mirabas lo que de otra manera era imposible de ver. Sabías cómo entrar en las bases de datos de la policía, sabías rastrear sin ser rastreado, sabías moverte sin ser percibido. Con suma cautela, activaste un contacto en La Habana. Mayito. Hijo de gato caza ratón. Mario, su padre, fue un desconocido pedófilo que distribuía pornografía infantil hasta que Danger lo trincó. Lo mataron en la cárcel, duró menos que un merengue en la puerta de un colegio. Mayito se libró, pensaron que solo era una víctima, pero se equivocaron. Aún siendo menor de edad diversificó el negocio de la pedofilia con la prostitución y el proxenetismo. Mulet, llamaste a Mario y contestó su hijo. Sabías que él no lo haría, que debías probar con la prole.

Te presentaste como un cliente de su padre. Él desconfió, pero tú tenías pruebas, muchas pruebas que nunca salieron a la luz, de las andanzas de su progenitor. Primero le compraste un vídeo por el precio de veinte superproducciones, después le vendiste GHB a precio de ganga, pocas cantidades, pero suficientes; así es como se forja la confianza. Las mulas seguían trasegando entre un lado y el otro. Mayito se arriesgó poco, tomó precauciones, y no pasó nada. En muy poco tiempo, te convertiste en su cliente mas notable. Sabías que ocurriría, que solo era cuestión de tiempo y dinero y no de reparo. Esa gente no tiene escrúpulos. Son tan repugnantes como tú, solo que a ti te parecen más asquerosos porque son más pobres y están dispuestos a hacer lo que sea por una miseria. Lo convertiste en tu instrumento, haciéndole creer que eras el suyo. Entonces llegó el momento que tanto estabas cultivando.

–¿Estás lista para empezar? –le pregunta Tom mientras camina para salir a la calle.

–A eso vengo –contesta Alina.

–Pues vamos, por el camino te lo explico todo.

Todos en la unidad miran a la nueva sin ningún disimulo. La mala educación puede más que la curiosidad. No puede ser de otra manera. Es una mujer enorme, fibrosa, atlética, agraciada, pero eso no es lo que más llama la atención. Esa mujer es una especie de copia de algo fuerte que atufa a peligro y, por lo que aún solo conocen unos pocos, le precede un expediente disciplinar más que heterodoxo y digno de esa aura. Tom lo nota. Siente una especie de presencia más que conocida.

–¿Sabes a quién sustituyes? –pregunta Tom mientras mete la llave en el LADA y arranca. Alina asiente –. Bien, hace una semana la encontramos descuartizada en su casa. ¿Estás al tanto de los detalles?

–No –contestó mirándole a los ojos que no pueden verla más que de refilón –. Lo siento.

Tom traga en seco. Agradece su gesto, aunque no haya contacto.

–Hace diez días, con exactitud, Mayra no vino a trabajar. Llamó para decir que tenía náuseas y vómitos. No se sentía nada bien. *No tiene importancia,* insistió, *espero estar bien mañana, imagínate.* No era la primera vez que pasaba, pero al día siguiente no se presentó. English, ya lo conocerás, la llamó varias veces, pero no dio con ella. Estábamos en medio de un caso urgente, un alto dirigente del partido del municipio apareció ahorcado y debíamos determinar si se trataba de un homicidio, así que fuimos a su casa, adonde nos dirigimos ahora. La encontramos descuartizada en nueve partes empaquetadas con mucho cuidado en nueve cajas. No había huellas; solo rastros de GHB en tejido –Alina escucha sin mover un músculo, parece que no respira, que solo tiene oídos–. Interrogamos a todo el edificio y parte del vecindario. Nadie vio nada, ni sospechó de nada. Mucha gente ni siquiera sabía que vivía allí, en la azotea. La mayoría ni siquiera la había visto nunca. Pero es raro, demasiado raro, que no hubiera ni el más mínimo indicio de nada. English llegó a pensar que quizá algunos vecinos estuvieran involucrados –Tom hace una pausa. No sabe si es más oportuno comprobar primero y hablar después que compartirlo ahora. Al final opta por "desembuchar"–. Hoy, justo cuando tocabas a la puerta, encontré un detalle que pasamos por alto.

Mayra seguía impasible, intentando poner cara a Mayra, a los vecinos, a ese detalle.

–¿Cuál?

–Hubo una testigo que aseguró haberla visto llegar muy tarde. No le prestamos demasiada atención porque, aunque no hubiera venido a trabajar, era posible que se sintiera mejor y saliera; pero resulta que nadie la vio salir y solo esa mujer la vio llegar. El detalle es que la descripción que dio esa testigo de Mayra coincidía con Mayra, pero no la de su vestimenta. Mayra nunca usó pantalones. Siempre llevaba vestido.

–No era Mayra.

–Eso creo.

–¿Cómo era?

–Una mujer encantadora; nada relevante estadísticamente: ni alta ni baja, ni gorda ni flaca, ni bella ni fea, ni vieja ni joven. Toda la descripción coincidía: estatura, peso, edad, complexión; por eso no prestamos mayor atención a esa declaración. Solo una cosa destacaba en ella: su feminidad. Todos los estereotipos de apariencia y comportamiento relacionados con la feminidad resaltaban en Mayra. Mayra era más femenina que humana. No nos dimos cuenta cuánto nos incomodaban sus extravagancias mujeriles hasta que la perdimos, pero así fue. No nos malinterpretes, no se trata de prejuicios, sino...

–Lo entiendo. Conozco a Danger.

Llegaron al edificio un minuto después. A pesar de la hora, media mañana, se sentía el trajín habitual del vecindario. Gente que entra y sale, las puertas abiertas, música, ollas de presión, voces, griterío. La Habana entera cada vez más parece un solar. Ya no hay barrios buenos y malos. Desde hace mucho tiempo, en un momento difícil de ubicar, cualquiera es sospechoso, cualquiera es un presunto delincuente. La peligrosidad social es escandalosa. Bien lo sabe la brigada forense número 10. Cualquiera es una víctima potencial. Si alguien ha sido capaz de descuartizar a un miembro del Ministerio del Interior, nadie está a salvo. Todos lo saben, aunque parecen ignorarlo. Prostitución, proxenetismo, tráfico de droga, tráfico ilegal de personas, robo, violación, homicidio, son actividades delictivas cotidianas sin ninguna constatación estadística; hechos que, como no constan, es como si no sucedieran. La conflictividad y la tensión social aumenta pese a la mayor severidad de las sanciones y a las continuas reformas del código penal. Ahí están los determinantes criminógenos, delante de sus ojos, a su alrededor, en ese enorme solar en expansión en todas las dimensiones.

Suben hasta la azotea. La puerta está precintada pero no violentada. Alina mira a su alrededor. Todo está en ruina. No es ninguna novedad. Supone que está siendo observada, puede imaginar incluso desde dónde, pero no ve a nadie. Puede ser alguien de los suyos, o de los otros, o ambos. Ambos se calzan unos guantes azules que Tom extrae de una maleta de plástico dura. Usa una llave para abrir la puerta. Nadie ha entrado desde el levantamiento del cadáver a la escena del crimen. Solo hay una estancia con la cocina en un extremo, la cama en el otro y una mesa en el medio. Todo está ordenado. Allí el silencio es total. Una larga estantería cubre toda la pared desde el área que funciona como dormitorio hasta la cocina dándole una apariencia de despensa. Ahí está el radiocasete que supuestamente sirvió de banda sonora del crimen; lo único parecido a un efecto electrodoméstico. Ahí está su ropa doblada. Alina la extrae con sumo cuidado. Extiende cada una de las prendas y las revisa con total atención. En efecto, todos son faldas y vestidos; la mayor parte de algodón y lino y algunas de seda. Nada de licras ni poliéster. Tom no se equivocaba. No había un solo pantalón.

–No son muchas, pero bien elegidas –comentó Alina.

–La mató aquí –respondió Tom frente al único espejo alto y estrecho a medias de todo–. La mató y descuartizó aquí mismo, encima de esta mesa. Quizá frente a este espejo.

–¿Podemos hablar de nuevo con la testigo?

–Podemos intentarlo; a lo mejor tenemos suerte.

Todo queda como estaba, como si Mayra pudiese volver de un momento a otro y encerrarse en ese pequeño mundo para disfrutar de su intimidad, para refugiarse de todo, para protegerse. Bajan hasta el primero. Tom toca en una de las dos puertas que dan a la escalera. *Va,* se oye desde lejos. Luego la puerta se abre y asoma la cara de una mujer extremadamente delgada y pálida.

−¿Qué se les ofrece? −pregunta. Tom enseña sus credenciales.

−¿Se acuerda de mí? −la mujer lo mira de arriba a abajo y de abajo a arriba.

−Si, claro −reacciona−, usted es el policía que me estuvo preguntando. Tom no es policía, sino inspector, pero da lo mismo.

−Así es, ¿podemos pasar? Solo será un minuto.

−Si, claro mijo, claro que pueden pasar. Entren y siéntense.

Es solo cuestión de cortesía porque no hay ningún sitio para sentarse; solo un par de camas aún sin hacer. Tom no había estado allí. La entrevista la realizó afuera, en la escalera; mientras English y la policía registraba su casa. Esta mujer es bolitera, vende billetes de lotería clandestina, y alquila antenas de televisión. Vive solo con su hija que se dedica a la prostitución. *Ay mijo, yo no hago daño a nadie*, tenía anotado Tom en su libreta.

−Usted me contó −le dijo Tom−, que había visto subir a Mayra muy tarde...

−Si, eran como las diez de la noche.

−¿Habló con ella?

−No, saludó cuando me vio y siguió pa' arriba.

−¿Está segura de que era ella?

−Si, mijo, ¡cómo no voy a estar segura! Era mi vecina.

−¿Llevaba algo encima?

−No se. Yo creo que no.

−¿Seguro?

−La verdad es que tampoco se veía muy bien. Ya ve que no hay luz en toda la escalera.

−¿Veía usted a su vecina a menudo? ¿Tenía relación con ella?

−Últimamente si. Relación no, pero últimamente si la había visto...

–¿Últimamente?

–Si, ella vino a vivir aquí hará como unos cuatro o cinco años, pero era como si no existiera; casi nadie la conocía, pero esa semana... la vi como dos veces seguidas. Esa noche que le dije y otro día que vino por la mañana, como si se le hubiera olvidado algo.

–¿Está segura de que llevaba pantalones?

–Si, segurísima, pantalón y camiseta.

–¿Las dos veces?

–Las dos veces.

Solo serían uno o dos días. Solo eso. Convencería al embajador. Se trata de un individuo muy peligroso, de un ataque al mismísimo ego del régimen (ya buscaría cómo decírselo sin usar la palabra "ego"). Empezaría pidiendo disculpas por su exabrupto y le persuadiría: es una situación de vida o muerte. Finalmente, si nada resulta como quiere, le amenazaría con entrar ilegalmente al país.

Sabe que no es simple, sabe que tiene noventa y nueve papeletas de no convencer a nadie, sabe que saben como es: kamikaze, impulsiva, letal. Sabe que son tercos y engreídos, orgullosos hasta la inanición, sabe que no lo permitirán. Una ex oficial del Ministerio del Interior que abandonó el país para residir en el mismísimo monstruo no puede ser bienvenida. Una disidente que trabaja para el gobierno de los Estados Unidos (aunque no sea más que una colaboración empresarial) nunca será aceptada, ni perdonada, ni mucho menos, glorificada. Ellos tienen los expertos, los mejores expertos del mundo, los únicos, los que no deben saber bajo ningún concepto que mantienen contacto estrecho con ella, que nunca le han condenado por nada. De hecho, debe argumentar más que bien que todas sus sospechas son especulaciones propias, desde su investigación; debe inventarse que se ha informado por alguna vía oficial americana del crimen que el Estado cubano ha tenido a bien ocultar, enterrar (más, si cabe), borrar (algo que, a su vez, daría lugar a sospechas más sofisticadas e infundadas tipo relación con la CIA, redes de espionaje, etc.).

Sabe que su viaje es un fracaso, pero debe intentarlo porque Mulet actuará de nuevo. Lo hará una y otra vez hasta que ella lo detenga o él la elimine. La tumba estaba abierta y permanecerá abierta hasta que uno de los dos la cierre. Porque incluso si Mulet actuara de nuevo, sin que le permitiesen viajar a La Habana, el gobierno cubano le señalaría con un dedo, podrían acusarla de cómplice y de quién sabe cuántas cosas más. Todo estaba perdido.

Convocó en extremis a sus "amigos" policías incondicionales, les explicó su intención. Alguno intentó pararla, pero todos se comprometieron. Medio MDPD estaría pendiente. Cada día que ella faltase, uno de ellos ocuparía su casa. El resto estaría en alerta. La casa de Boca Ratón sería un pequeño refugio de máxima seguridad. Por un plus la Agencia de Seguridad contratada por Sofía, ASM SECURITY SERVICES, reforzaría sus servicios. Su casa de dos plantas amplia y confortable, moderna y atrevida, se transformaría en un búnker indefinidamente.

Sofía colocó la SIM de Danger en un celular antiguo que conservaban para casos de emergencia. *Cárgalo antes de usarlo en el carro, no tiene nada de batería*, le advirtió. Pero Danger salió como un bólido al aeropuerto y lo olvidó y cuanto intentó encenderlo no pudo. Solo tenía que devolver la llamada a Tom, pero no lo hizo. Pudo ver sus llamadas perdidas poco antes de subir al avión, en torno a las cuatro de la madrugada. Ni siquiera se despidió de los niños. Sería solo un día o dos. Solo eso.

Ya era hora Mulet. Pediste un aumento de sueldo a sabiendas de que no accederían; alegaste un problema personal. Era solo una excusa para irte sin que te echaran de menos y lo conseguiste. Te fuiste sin levantar sospechas; que todo el mundo quiera más, en Estados Unidos de América, no es motivo de recelo. Te fuiste y con ese brillante comportamiento en tu currículum, te presentaste en ASM SECURITY SERVICES, la Agencia de Seguridad contratada por Sofía, y ofertaste tus servicios, en un magnífico documento acompañado de una carta encomiable de recomendación, por un ingreso similar, más bien estándar. Te pusieron a prueba, sabías que lo harían, que era solo un trámite de rigor y lo pasaste.

Cambiaste un uniforme por el otro, unos compañeros por otros, unos asegurados por otros. Ahora sí estabas cerca Karla, muy cerca. Danger no se percató. ¿Cómo ibas a ser parte del servicio contratado para protegerse contra ti? ¿Cómo ibas a travestirte? ¿Cómo algo con una probabilidad cercana a cero podía llegar a ser algo con una probabilidad cercana a uno? Así son las cosas: casi nunca son lo que parece, de la misma manera que, lo que parece, no es.

Hasta acompañaste al pequeño Marlon desde la puerta de su casa al bus del colegio y viste como Sofía le decía adiós con su mano, segura de que estaban a salvo. Tu plan había funcionado. Te sentiste poderoso. Karla no era un peligro. Danger y Sofía confiaban en Karla mientras buscaban desesperadamente a Mulet.

Mayito titubeó. Le mandaste una fotografía de Mayra con un brevísimo requerimiento. Necesito a una mujer muy parecida a esta, idéntica a ser posible, capaz de hacer cualquier cosa por una buena suma de dinero (que no era una buena suma de dinero para ti) y, si así lo necesitaba o deseaba, un escape garantizado a los Estados Unidos. GARANTIZADO, así dejaste por escrito en letra mayúscula, sin tener ninguna garantía. Necesitabas a una mercenaria, una asesina, una sicaria en Cuba. Cualquiera te hubiera dicho que habías perdido el juicio, pero tú sabes perfectamente que el mal no tiene ideología, ni preferencias políticas, ni banderas. Nadie está dispuesto a cobrar por suicidarse, pero hay quien si está dispuesto a matar, incluso a alguien querido, por una suma que considere aceptable. No todo el mundo tiene un precio, pero el mercenario sí, es su razón de ser; tiene un precio proporcional a la miseria. Lo hará sin pestañear porque cobrará lo suficiente para justificar su acto, para vender su condena, para avanzar. Habías contratado a varios a lo largo de tu dilatada, corrupta y heterodoxa carrera; nunca en Cuba, pero confiabas en que ser cubano no era más especial que ser americano. Los sicarios son el mismo tipo de gentuza en cualquier lugar del mundo. Tú pagarías la mitad por adelantado y el resto después; a cambio, esa mujer debía seguir tu guion, con puntos y comas incluidos.

La respuesta tardó en llegar; tanto, que tuviste que evaluar la posibilidad de localizar a otro Mayito o de hacerlo tú mismo. Te pusiste nervioso. No podías entender que alguien no estuviese dispuesto a matar por ese dinero; en definitiva, se trataba de una causa, como cualquier otra. No presionaste. Debías tener paciencia, mientras delineabas tu plan con la delicadeza de un arquitecto. Casi tres meses después apareció tu modelo. Mayito envió una foto a tu celular, exigiendo su parte. No era, con precisión, el doble de Mayra, pero tomando alguna precaución, podría funcionar. Escribiste los detalles, Mulet. Sabes que los mejores son aquellos que prestan atención a los detalles. Todo quedó pactado. ¿Quién era? Nunca lo sabrías, ni te interesaba. En Cuba también estaban aprendiendo con prisa; había que adaptarse, cuanto antes, a los nuevos tiempos, siempre difíciles, por venir. A ti tampoco te importaba. Ni siquiera tenías ninguna GARANTÍA, por mucho que prometieras.

Le diste el plan en bandeja. Debía vigilarla mañana, tarde y noche, en el más absoluto anonimato. Debía convertirse en su sombra. Debía recibir todo el material "necesario" para el cumplimiento del plan; debía ser de esa manera y no de otra. Sin ningún lugar a la improvisación. Si faltaba al contrato de palabra, una vez cobrado el anticipo, él mismo las mataría... a las dos.

–Muchas gracias de nuevo por su cooperación. Por favor, si se entera de algo, lo que sea, relacionado con su vecina, avísenos... al teléfono que le dejé la otra vez –se despidió Tom.

–Si mijo, lo tengo ahí. Si yo me entero de lo que sea le llamo.

–Gracias.

«Por fin algo», pensó Tom.

–¿Qué te parece? –pregunta a Alina.

–Parece que esa mujer vigiló a Mayra. Seguro que primero desde lejos y luego, cuando ya conocía sus hábitos, se le acercó hasta que pudo matarla. Mayra, por lo visto, tenía poca o ninguna relación con sus vecinos. Lo digo por mí. Si estoy en esto, no puedo estar en lo otro. No se cómo explicarlo –en realidad no hacía falta explicarlo. La única manera de convivir en un vecindario donde cualquiera es delincuente o víctima en potencia es mantenerse ajeno–...

–Te entiendo.

–El mareo es resultado de algún trastorno neurovegetativo. Supongo que la supuesta criminal buscó el momento oportuno para subir y provocarle alguna alergia alimentaria; basta con agregar al agua algún agente bacteriano, viral o parasitario (tan común en todas partes, por cierto) o suministrarle algún alimento alérgico. ¿Sabes si era celíaca? –se interrumpió a sí misma conectando unos pensamientos con otros; pero era solo una pregunta retórica, de la que no esperaba respuesta instantánea, así que continuó como una máquina–: Al día siguiente Mayra se encontró tan mal que no fue capaz ni de ir a trabajar y entonces la homicida regresó para terminar su plan. Subió, tocó a la puerta, Mayra le abrió; se inventaría alguna excusa para entrar, suministrarle la nueva burundanga, y hacer lo que hizo.

Tom llamó a English y le pidió que corroborara la hipótesis de Alina. Minutos después, mientras decidían si regresar a la oficina o tomar un café en la calle, English devolvió la llamada.

–Afirmativo –dijo–. Mayra era celíaca. La analítica de sangre detectó la presencia de anticuerpos de la celiaquía (glutaminasa); así que le practicaron una biopsia duodenal, que reveló la presencia de péptidos inmunogénicos de gluten. ¿Tiene eso que ver con el caso?

–Si, es posible. Oye, estoy con Alina, la sustituta... ¿por qué no sales y nos tomamos un café y los presento?

–Acabo de tomarme uno. Cuando lleguen a la unidad avísame. Nos vemos en tu despacho.

–Ok, hasta ahora.

English colgó.

–Parece que existe un correlato forense plausible a tu hipótesis –Alina sonrió y Tom agradeció su encanto.

–Ahora queda saber por qué lo hizo y quién lo hizo.

–Así es, pero antes debemos hablar de Danger.

Durante el viaje de regreso y también durante el café, Tom contó la pieza que faltaba, la hipótesis que podía explicar por qué lo hizo. Alina escuchó con detenimiento y sorpresa. Jamás pudo imaginar un mega caso tan extraño compuesto por tantos casos ramificados y conectados entre Miami y La Habana. Es algo tan lógico como absurdo. Tan lógico por tan cerca geográficamente. Tan absurdo por tan lejos políticamente. Pero las cosas no suelen ser simples; aunque la solución más acertada sea la más simple, las cosas suelen ser complejas. Lo que se ve, no es lo que se ve, sino el efecto de una causa que no se ve; algo secundario que oculta lo primario. Por eso cuando algo es simple, solemos complicarlo. Por eso todo debe contar.

Estuvo tentado de llamar a Danger en ese momento, pero Alina, aunque le había caído bien, era una absoluta desconocida. No podía arriesgarse. Y pensar que Mayra estuvo a punto de comer con Mulet.

–O sea, ¿que ese tal Mulet podría estar detrás del crimen?

–Podría ser.

–¿E incluso estar aquí?

–Podría ser. Allí arriba lo buscan en todos los estados la policía, los federales... hasta la Interpol, pero no aparece. Podría estar aquí o quién sabe dónde.

–Ahora es más difícil.

–Es posible. Tenemos la idea de que la migración es solo de aquí para allá, pero a veces alguno salta en sentido contrario. Casi siempre a través de un tercer país con una identidad falsa. Aquí solo le buscaría la Interpol... y nosotros, si procede.

Tom sintió la tentación de hablar acerca de la alerta en el Consejo de Estado, la Comisión de Seguridad Nacional, el MININT y el MINSAP, acerca del GHB, de los cambios en la estructura delictiva, del aumento de la peligrosidad, pero se calló. Era un secreto a voces. Alina estaría al tanto.

–¿Qué tenemos para llegar a esa mujer?

–Si ha sido cosa de Mulet tendrá alguna relación con la red Miami-La Habana que desmantelamos. Tenemos la lista de todos los involucrados... los de aquí y los de allí, los que están en la cárcel y los que quedaron en la calle. Tenemos una descripción física aproximada de la sospechosa. Tenemos pistas relacionadas con el tráfico de GHB. Tenemos por dónde empezar.

Danger sospechó que Mulet no se iría a otro Estado, ni a una solitaria casucha de Oregón o a una miserable cabaña de madera en medio de una nieve inhóspita en Nevada. Su intuición le decía que se quedaría en Florida para matarla. Desapareció, solo eso, pero nunca se iría del todo. Estaría más cerca o más lejos; el problema era ¿dónde? ¿En forma de qué?, ¿de quién?

Ella pudo desaparecer, pero no lo hizo. Podía empezar de nuevo otra vez. Era un lujo que se podían permitir, por mucho que no estuviera dispuesta a aceptarlo. Mentirse es más simple de lo que parece. En cada verdad siempre hay algo de falsedad. Los ignorantes la mistifican, los sabios la buscan, los temerarios la refugian. En definitiva, irse a otro Estado, a una solitaria casucha de Oregón o una miserable cabaña en medio de Nevada, tendría una mínima probabilidad, distinta de cero, de trasladar el campo de batalla a territorio inhóspito, desconocido. No sería más que cargar con la tumba hacia otra parte.

Mulet se borró y ahora parecía dibujarse del otro lado del charco. No hubo papel debajo de la puerta, ni email anónimo, ni llamada telefónica; solo una inocente agente que tuvo la desdicha de cubrir la vacante que dejó la Jefa de la extinta American Patrol, desmembrada en trozos de un volumen aproximado. Solo eso, que no es lo mismo que únicamente eso.

Marlon era demasiado pequeño para saber cosas de mayores, pero Eddy Carmelo no. Con sus quince años, que aún le impedían votar, tendría que afrontarlo. Danger decidió hablar con Eddy, por mucho que a Sofía no le pareciera una idea feliz. Lo montó en su Willys y se lo llevó lejos de todo, como hacen los padres cuando quieren contar a su hijo una malísima noticia o hacerle partícipe de algo más que desagradable. Eddy era hijos de policías, así que no hizo falta mucha introducción.

–Desembucha –le dijo con una de sus palabras cubanas preferida.

–Hijo, ¿recuerdas el incidente en la piscina...

–¿Cuando Marlon se ahogó?

–Bueno... técnicamente no se ahogó...

–Se trata de Mulet, ¿no? –a veces no sabemos la madurez que tiene un hijo hasta que te sorprende. A veces se les subestima y al intentar protegerlo, realmente lo dejamos en cueros. Danger no contestó–. Descuida madre. Se que puede aparecer en cualquier momento.

Danger estuvo a punto de llorar, suceso que podía contar con los dedos de una mano, pero no lo hizo. Solo pasó su brazo por encima e intentó animarle: *lo superaremos*.

–Tendrás que matarlo madre. Si no lo haces tú, tendré que hacerlo yo.

Danger tembló. Se quedó sin palabras. Tenía que decirle: *No hijo, tú no tienes que matar a nadie, para eso está la justicia*; pero no lo hizo. No podría explicar por qué, pero no lo hizo. Se quedó con la boca cerrada para que Eddy no le viese llorar y Eddy no pensó en nada. Solo en que, en efecto, las cosas eran como imaginaba, y que, aunque le pareciera raro, no tenía miedo; ningún miedo.

Hecho, fue la confirmación de Mayito y eso debía bastarte Mulet, porque no lo leerías en ningún periódico. Solo te asegurarías por la actitud de Danger y así fue. Se puso como loca. Convocó a toda tu ex-división mientras tú, Karla, contemplabas la escena sentada en el coche con Barry. La vigilancia no se realizaba en pareja, sino por turnos que duraban alrededor de seis horas. Había cuatro empleados a cargo de la vigilancia externa de la casa. No hacía falta más con toda la tecnología instalada dentro. Pero le hiciste creer a Barry que solo había sido un encuentro accidental. Le llevaste un café y te metiste en su coche bromeando vestida de uniforme. Le gustabas a Barry, lo sospechabas. Te arreglabas el ajustador y él miraba con no mucho disimulo tus pechos artificiales, mientras llegaba el grupo. Pasaron justo frente a ti, pero nadie vio nada, ni tus pechos, ni tu sonrisa, ni tu felicidad. Todos iban preocupados, alarmados, en alerta máxima. No podías gozar más de la escena.

Estuviste tentada de entrar y pregunta: *¿todo va bien?*, pero Barry se opuso. Su misión era solo protegerles de algo raro, no de medio cuerpo de policía. Tú ni siquiera debías estar allí. Esperabas una llamada de la Central, aumentando el nivel de seguridad y así fue. Tuviste que fingir indiferencia mientras Barry duplicaba sus ojos y multiplicaba su ansiedad.

Viste a Danger, a través de esos gruesos cristales transparentes suspendidos del techo, gesticular como una loca hasta estrellar su teléfono contra el suelo. El plan había provocado el resultado previsto. Hoy brindarías en privado mientras quizá te masturbaras con alguna película porno. ¿Qué tal alguna de aquellos viejos tiempos? Solo para rememorar. Ver a Danger fuera de sí te provocó tal placer, que sentiste la tentación de pedir a Barry que te hiciese una mamada allí mismo. Fantaseabas que era gay, pero él no sabía que tú no eras mujer. Te contuviste. La erección bajó sin novedad, ya tendrías tiempo de ocuparte de eso. No podías echar a perder tu meticuloso plan por un arrebato de euforia. Aún Danger estaba ahí y era ella la que debía morir. Era ella.

Cuando estuviste solo, una vez agotados todos los festejos, ordenaste la siguiente parte del plan. Esta vez el objetivo sería Josefina Fernández, la teniente coronel alias Súper-Jefa-jubilada. El precio sería el doble.

Alina dijo: *Conozco a Danger*, y Tom quizá lo interpretó como un conocimiento en "general". Danger era conocida por muchas cosas, ninguna relacionada con la palabra normalidad. Es lesbiana, agresiva, traidora (abandonó el país; aunque nadie se atreviera a acusarle de tal cosa, poco más se puede hacer ante una ejecución civil; aunque muchos cada vez se lo plantearan, poco más se puede hacer ante una ejecución sistémica). Todos saben que es buena, muy buena, buenísima; pero la mayoría prefiere recordarla por todo lo demás, quizá porque creen que así estarán más en comunión con el estado de cosas. En alguna parte de "todo lo demás" Tom entendió ese "conocimiento"; sin embargo, se equivocaba. Alina conoce bien a Danger porque estudiaron juntas la carrera en la Facultad de Medicina. Alina conoció a Danger, y a Yeni, y a Dulce, y a Eloisa; vivió con espanto la humillación y el escarnio al que fueron sometidas Dulce y Eloisa por prácticas lesbianas inmorales en la morgue que terminó con la expulsión deshonrosa de Dulce y el suicidio de Eloisa. Alina conoce mucho mejor que bien a Danger porque fueron amigas. Coincidieron algunas veces en Guanabo, en la casa de Dulce, y en tantos otros sitios y situaciones porque Alina no tenía prejuicios. Ambas tenían en común el desprecio a la mediocridad y a la moralidad, a pesar de sus preferencias sexuales.

Fueron "amigas" por muchas cosas; pero, sobre todo, por ser diferentes. *Dios los cría y ellas se juntan,* podría ser una metáfora perfecta para describir su relación. Tom lo notó. Alina, a pesar de ser tan distinta físicamente a Danger, le provocó una especie de *déjà vu,* de *remain,* de optimismo. Danger y Alina eran, simplemente, herejes: seres que disienten, que se apartan de cualquier línea oficial de opinión seguida por una institución, una organización, una academia o lo que sea, seres que no tienen dueño, ni fe, ni ideología.

Cuando llegaron, English les esperaba en la mesa de siempre, en aquella donde llovían las mejores ideas de toda la unidad. Se levantó, le dio la mano y se dejó caer buscando entre sus notas.

–Jefe Tom –dijo esperando que Alina celebrara su chiste. Tom hizo un pequeño gesto de resignación y se sentó a escucharlo–, el caso-Pincho está resuelto: suicidio. Lo digo para cerrar el tema pendiente primero y centrarnos en el otro –e iba a decir, *que es más importante,* pero lo dejó ahí–. Aquí está todo; junto con lo que faltaba –dijo empujando hacia Tom una carpeta más bien delgada, vieja y sucia. Tom se dirigió hacia English con la intención de actualizar el caso.

–English, la mató una mujer, una mujer físicamente similar a Mayra: blanca, 1.60 de altura, 61 Kg de peso, pelo castaño medio, ojos color... miel.

–Tal y como la describes, parece...

–Recuerdas que la vecina del primero declaró verla subir alrededor de las diez de la noche; pues pasamos por alto la ropa. No coincidía. Lo hemos comprobado.

–Voy a localizar a toda la gente relacionada con los casos de Alamar.

–Hazlo.

–¿Está esa información en alguna base de datos? –preguntó Alina.

–No lo se, yo no entiendo mucho de computadoras.

–Yo si.

–Pues ponte con él, tengo que hacer una llamada.

Todos abandonaron el despacho al unísono, incluso Tom; pero su motivo era otro: llamar a Danger.

El vuelo duraría alrededor de dos horas y media; si no surgía algún imprevisto. «Tengo que hablar con Tom», pensó nada más despegar mientras otros con un antifaz pretendían conciliar el sueño. En cuanto amanezca lo llamo. El móvil había ganado algo de carga durante el trayecto al aeropuerto y la espera para el embarque. Pudo ver las llamadas perdidas de Tom por WhatsApp. Todo queda guardado en el registro, pero no tuvo tiempo de responderlas. La llamada a la embajada complicó todo. «¿Desde cuándo estaría ese hijo de puto en La Habana?, ¿cómo lo hizo?, ¿dónde estaría metido?, cualquiera por unos pocos dólares le hospedaría en su casa. ¡Hijo de puta!». Sabe que tiene que calmarse, que debe dormir algo, que tiene que pensar en su entrevista, pero no puede. Sabe que cuando llegue tendrá que esperar horas, quizá días, hasta que consiga que le atiendan. No ha pedido cita. Tendrá que hacer la cola. Todo es complicado, que no es lo mismo que complejo. Por eso viaja tan pronto, pero seguro hay otros que han viajado el día anterior, o llevan allí varios días. Nunca se librará de ese calvario. Recuerda que ni siquiera tiene el pasaporte en regla. Eso lo enreda todo aún más. Sabe que pueden tardar y mucho, lo que necesiten, lo que estimen, lo que deseen; aunque confía que entiendan la gravedad del asunto y hagan una excepción. «¿En serio?». Tiene que calmarse. Tiene que pensar con claridad.

El pequeño Marlon ya no es tan pequeño, pero aún sigue siendo muy pequeño; siempre será muy pequeño. Habla por los codos. Apenas le ha dedicado tiempo. El estrés, la preocupación, la locura. Repara en el poco caso que le ha hecho desde la desaparición de Mulet. Sin darse cuenta, sin notarlo, sin quererlo. Él estaba ahí, hablándole: *mamá ¿por qué esto?, ¿por qué lo otro?* ¿Quién sabe qué le contestó o si lo hizo? Eddy Carmelo está hecho un hombrecito. Es listo, rápido, talentoso. Una madre no debería tener hijo preferido. No debería. Eddy las cuida, desde su inocencia y su instinto las vigila. Parece leer sus pensamientos. Son afortunadas, y lo serían del todo, si no fuera por la sombra de Mulet. El día que le pateó la cara en su oficina tenía que haberlo matado. No le dejaron. Hubiera perdido a sus hijos, a Sofía. Tiene que pensar en otra cosa. Tiene que adelantar el tiempo en todos los relojes y llegar.

Por fin, dos horas y veinte minutos más tarde su vuelo de American Airlines aterrizó en el aeropuerto Nacional Ronald Reagan de Washington DC, en el Condado de Arlington. Su reloj marcaba las 7:00 AM. En media hora los niños saldrían al colegio. Llamaría a Sofía para anunciarle que había llegado bien; pero antes debía llamar a Tom. A esa hora ya estaría despierto y luego no tendría tiempo.

–Tom, soy Danger.

–Lo se. Te he estado llamando.

–Lo he visto. Estoy en Washington, voy a la embajada para que me autoricen viajar a La Habana. Ese hijo de puta lo ha vuelto hacer.

–Si, lo ha vuelto a hacer. Pero ha sido una mujer, muy parecida a Mayra.

Danger comenzó a temblar.

–¿Estás seguro?

–No cien por cien. No se encontró ninguna huella, pero todo parece indicar que sí; que ha sido una mujer que suplantó la identidad de Mayra para matarla.

Se desplomó en el suelo; con todo su peso y con el de Mayra, y con ese peso universal que llaman culpa, anunciando la desgracias. Sintió como una aplanadora le pasaba por encima, como si todo el mar se le metiera en los pulmones, como si su cuerpo se hubiera dado la vuelta y todas las vísceras se desparramaran sin contención. La había cagado. Había caído en la trampa, en una tumba abierta y enorme.

–Tengo que colgarte. Tengo que colgarte.

–Dan...

Tom no tuvo tiempo de terminar. Danger marcó como pudo el número de Sofía, apretó los dientes, el esfínter, los ojos. Contestó Suzie.

No tenía por qué salir mal, pero las cosas no salieron exactamente como debían. *Lo hizo*, escribió Mayito, *pero la muy puta se la fundió*, fue todo el resumen informativo. Era una excelente noticia Mulet. En caso necesario, tendrías que requerir de los servicios de otro sicario; pero incluso eso, podía actuar a tu favor: les despistaría. En realidad, te pasaste. Tú único objetivo era asegurarte que Danger saliera de su madriguera. Por si no fuera suficiente Mayra, le darías a Josefina, pero ella no llegó a enterarse.

Al día siguiente, cuando Sofía besó a Danger en la puerta de la casa, camino al aeropuerto, tú estabas ahí con Barry. Engañarle era fácil. Nunca supuso un reto. Un poco de insomnio. Mucho calor y más paciencia. Tenías un buen repertorio para que él no sospechara de tu compañía, pero ni siquiera fue necesario. Barry era un adolescente permanente con el electroencefalograma plano, el pene corto y demasiada confusión. En definitiva, para esperar, repartir palos y disparar, tampoco hacía falta mucho más. Esperaste que Danger se alejara, aún le quedaba el viaje al aeropuerto, el embarque y dos horas y veinte minutos de vuelo. Phil debía estar dentro. Hoy él era el refuerzo de seguridad voluntaria.

–Ey Barry, creo que he visto algo –le despertaste de la somnolencia que tú misma habías provocado en su café.

–¿Qué pasa?

–No se, he visto algo raro –No había nada raro. Solo un poco de aire agitando los árboles, pero Barry estaba demasiado empanado–. Han encendido las luces. Vamos a tocar.

Barry ni se lo cuestionó. Ni te preguntó qué hacías ahí. Ni siquiera puso en duda por qué te le acercabas tanto. Bajaste del coche con un arma en la cartuchera y la otra sujeta por el cinto. Tocaste a la puerta. Sofía los vio con el uniforme de ASM SECURITY SERVICES por el cristal y abrió la puerta. Ni reparó en que eran dos y no uno. A esa hora todos los gatos son negros, Mulet. Ni siquiera saludaste. Le disparaste en el pecho y antes de que reaccionara, mucho antes de que Barry se diera la vuelta hacia ti, le disparaste a boca de jarro. Entraste con prisa. Phil no llegó a desenfundar su arma. Le abatiste perforándole el cráneo. «Lo siento Phil. Estás en el lugar equivocado, en el momento equivocado». Subiste por los niños. En la habitación del pequeño Marlon, una pequeña lámpara proyectaba imágenes de caballitos silenciosos galopando en la pared. Estaba profundamente dormido y le reventaste su pequeña cabecita llena de dibujos con una bala de plomo. Todo se tiñó de sangre y sesos. Todo, Mulet. Luego seguiste en busca de Eddy. Su habitación estaba oscura. Con la poca luna que entraba por la ventana viste un bulto con forma de niño descansando plácidamente y disparaste, dos veces: a la cabeza y al cuerpo y luego escapaste con rapidez; no sin antes retirar el silenciador, limpiar las posibles huellas que dejaras y colocar en la mano de Sofía el arma homicida. Ahora solo quedaban Danger y tú, tú y Danger. Danger había caído en la trampa y ahora solo podría caer en tu tumba.

La investigación de English y Alina arrojó una lista de unas cien personas; de las cuales más de tres cuartos no encajaban con el perfil de referencia. Tacharon a los muertos, a los encerrados, a todos los hombres. Quedaron unas quince mujeres entre esposas, queridas, madrinas, hijas, sobrinas, primas, vecinas e incluso amigas y conocidas con delitos, incluso menores. La mayoría eran del vecindario de Regla, pero no todas; también habían de Guanabacoa, y La Virgen del Camino. Alguna, de hecho, vivía muy lejos de cualquiera de los tachados, en San Miguel del Padrón. Primero elaboraron un baremo para puntuar el grado de implicación de los "elegidos" en los hechos delictivos relacionados con los casos de Alamar. La red era extensa y desparramada, pero nada original. Como cualquier red delictiva, la organización se estructuraba en forma de pirámide. Todos eran delincuentes, pero algunos eran más delincuentes que otros, sin duda.

La búsqueda fue minuciosa. English vio, por primera vez en su vida, evitando que le saltaran los ojos de las cuencas, como Alina buceaba en un mar digital que le era del todo hostil. *¡Qué monstrua!*, le elogió tras evaluar que *eres un caballo* o una *yegua*, en su defecto, provocaría el efecto contrario al que quería producir. «No se si darte las gracias o mandarte a la mierda», pensó Alina; pero, sin siquiera mirarle, se limitó a insinuar una sonrisa.

Internet también estaba organizada en forma de una gran pirámide donde desde la superestructura se controlaba toda la infraestructura. Era una especie de puerta entre el exterior y el interior a la que solo tenía acceso un minúsculo grupo de expertos al servicio del Ministerio del Interior y Alina, los primeros autorizados, la segunda a veces (a este segundo grupo se le suele considerar como *hackers*). Como experta forense acreditada, a medias entre el Ministerio de Salud y el Ministerio del Interior, tenía acceso a algunas puertas detrás de las cuales se ocultaban miles de miles de expedientes delictivos. Como experta en informática no acreditada, tenía acceso al resto de las puertas donde se ocultaba cada uno de los ciudadanos del territorio, de ciudadanos de otros países, como Venezuela, etc.

En cuanto la impresora paró de imprimir las fotografías, se sentaron con los expedientes para poner cara a cada perfil. Los extendieron sobre la mesa y English señaló a una inmediatamente, como un testigo en una identificación. *Es esta*, dijo. *Esta es la única que se parece.* Comprobaron sus medidas anatómicas y, en efecto, todas correspondían al perfil físico de Mayra con una tolerancia relativamente baja. La tenían. Se trataba de una prima de Mayito, sobrina de Mario, uno de los delincuentes en el *top ten* de la pirámide, ladrón, pederasta, violador, chantajista, bisnero, embaucador... una joya. La sobrina en cuestión había sido sospechosa de la muerte, por ahorcamiento, de su marido, otra joya; pero no hubo pruebas suficientes para inculparla. Al final se determinó suicidio y se le dejó en libertad. Además de esa sospecha (también figuran en los expedientes) tenía algún cargo más por escándalo público, prostitución y cambio ilegal de divisas.

Salieron a buscar a Tom, pero lo encontraron a medio camino.

–Tenemos que salir. English, siento mucho tener que darte esta noticia, pero han asesinado a Josefina.

–¿Qué Josefina? ¿La súper-jefa? –era una pregunta retórica, sabía por el contexto que solo podía ser ella. Le flaquearon las piernas, pero se repuso aguantando la furia.

–Tenemos a una posible homicida –dijo Alina una vez sobrepasada la puerta principal.

A Josefina la mató la misma persona que asesinó a Mayra, pero no la despedazó. No pudo. Josefina sospechaba de todo y de todos. Ni siquiera le abrió la puerta. La asesina tuvo que meterse en la casa de al lado y saltar la verja, pero la ex Súper-Jefa Josefina la estaba esperando. Nada más verla corriendo hacia ella le disparó al tórax y acertó, pero aquella bestia siguió su carrera hasta apuñalarle el corazón. Daba igual que no le pagaran el resto. Después el aire llenó el espacio entre el pulmón y la cavidad pleural y el pulmón colapsó entre el dolor y la angustia. Quedaron una frente a otra, con los ojos abiertos, sin poderse ver.

¿Cómo se puede notificar, a una compañera que es amiga, que han asesinado a su familia, incluido su hijo pequeño? Que, por fortuna, solo ha sobrevivido su hijo mayor. No pudo. Cuando Danger llamó y Suzie dijo: *Hola Danger, tengo muy malas noticia que darte,* escuchó un clic que no venía del aparato telefónico, ni siquiera era un sonido identificado. Después solo fueron pisadas y murmullos de gente extraña. Suzie sabía que Danger no estaba. No podía. Su universo se estaría desintegrando y deshelando y explotando y despareciendo. Segundos después, una voz desconocida avisó: *Está desmayada, ¿qué hago?* Y Suzie pudo hablar con el desconocido. Tenía pulso. Aún estaba en el aeropuerto. *Avise a emergencias, por favor.*

La alerta corrió como un rayo. Todas las unidades del MDPD, todo el Estado de Florida se puso en Alerta máxima. Cualquier crimen es un horror, no importa la crueldad, la motivación o las circunstancias, pero un crimen relacionado con un agente del orden, con alguien a cargo de luchar contra el crimen, es dolor. Cuando la víctima es el sistema, el crimen es terror. Mulet había actuado y estaba cerca.

El estado se cerró a cal y canto. Todas las vías de acceso se cubrieron de policías y perros y agentes de paisano. Todo individuo era sospechoso. Prestaron especial atención a ASM SECURITY SERVICES.

La ciudad encargó una auditoría que, desafortunadamente, no arrojó nada sospechoso. La propia policía estaba en el centro de mira por sus irregularidades en el programa de trabajo policial fuera de servicio de la ciudad. No encontraron nada. Ni un mínimo indicio que los llevara a alguna parte, a algo, a alguien.

Danger fue trasladada al The George Washington University Hospital. En rigor no estaba inconsciente, sino en uno de los llamados estados alterados de la mente o estado mental cambiado. Fue internada en el Department of Psychiatry & Behavioral Sciences y dos días después trasladada al Boca Ratón Regional Hospital por miembros del ICT, el equipo de intervención de crisis, del departamento de Policía de la Ciudad de Miami. Danger estaba desconectada. Ningún especialista consiguió sacarle una sola palabra. El Estado se haría cargo de ella.

Nadie pudo verte entrar, ni salir. Habías desconectado el sistema de seguridad de la casa de Danger y Sofía, Karla, así que regresaste a tu apartamento y lo levantaste desde una conexión anónima, a través de una VPN en La Habana. Si se dieran cuenta, sospecharían de un complot internacional, no de ti. Hiciste todo eso y te acostaste a descansar. Podían llamarte, pero no lo hicieron. Dos horas después el silencio en tu piso seguía siendo el mismo. Nada. Nada de nada. Alguien, algún espontáneo, debía ver la escena y dar la alarma. Te equivocaste. Los primeros en llegar, apenas media hora más tarde, fueron Suzie y Martín, y luego apareció Luther y Michael. Ningún transeúnte se dio por enterado.

Fallaste Karla. Fue Eddy el que hizo la llamada. Desde aquella "conversación" con su madre, Eddy se dividió en dos. Una mitad dormía, una mitad vigilaba. Una mitad iba a clases, una mitad vigilaba. Una mitad descuidaba, una mitad vigilaba. La mitad vigilante se turnaba con la otra de alguna manera que él no controlaba, pero el descanso no era del todo descanso, ni el estudio era del todo estudio, ni tocar la guitarra era del todo tocar la guitarra. Una parte quedaba dentro de él y otra parte salía afuera. *La pupila insomne y el párpado cerrado. Ya dormiré mañana con el párpado abierto.*

Eddy no sabía que el poema lo escribió Villena, solo sabía que lo cantaba Silvio; y le gustaba. Le encantaba. Sofía solía ponerlo de fondo a su vida. Si, Mulet, en esa casa la música de Silvio Rodríguez siempre fue bienvenida. Eddy aprendió la palabra insomne por tu culpa y gracias a Silvio.

Le disparaste e incluso si hubieras esperado un poco, habrías visto cómo la sangre lo manchaba todo; pero no le viste la cara, porque Eddy no estaba ahí. Desde aquella "conservación" Eddy no dormía en su cama, sino en el *closet*. Eddy se hizo una casa dentro de su casa y dejó un experimento de física ocupando su lugar. Salió en busca de Marlon cuando escuchó ruidos, pero se tropezaría contigo en medio del pasillo. Estabas demasiado cerca. Todo fue muy rápido. No le diste tiempo, Karla. Eso es algo que no te perdonará nunca; que no se lo perdonará jamás. Apenas abrió la puerta del armario sintió tu sombra arrastrando tus pisadas; después escuchó un ruido seco. No podía. Si no se quedaba muerto, le matarías. Ni siquiera cuando desapareciste salió de allí. Sacó su teléfono de abajo de la almohada y seleccionó a Suzie entre sus contactos. *Los ha matado a todos*, dijo y luego calló y, por mucho que Suzie le hizo preguntas, no pudo volver a hablar. No le salían las palabras o las había olvidado. Solo podía escuchar la desesperación de Suzie detrás del auricular, pero no la entendía. Así quedó, congelado, hasta que llegaron.

No esperabas que se creyeran que Sofía se había vuelto loca y había matado a todos, incluido al intruso Barry, y luego se había disparado ella, ¿verdad? Claro que no, pero les despistaría un tiempo. El arma, una Makarov de 9 mm de fabricación Soviética, no estaba registrada. Eso les entretendría lo suficiente para alejarlos de ti, para darte tiempo y ventaja.

–¿Cómo sabes tanto de informática? –le preguntó English a Alina, mientras esperaban por Tom.

–Es una historia larga –fue su respuesta.

Alina era un misterio al alcance de pocos. Se especializó en medicina legal en la Universidad de La Habana con honores y luego, gracias a la Agencia Española de Cooperación Internacional, completó sus estudios con un Máster en Medicina Forense en la Universidad de València; después, en lugar de regresar, hizo el doctorado en psiquiatría forense. En realidad, pidió autorización para continuar sus estudios; era parte de los trámites. Se la denegaron. Ella hizo caso omiso. Era parte de su personalidad. De tratarse de cualquier ciudadana, la sección de identificación, inmigración y extranjería del Ministerio del Interior le hubiera repudiado, desahuciado y quedado, pero Alina no era cualquier ciudadana. Era hija de un diplomático español nacionalizado cubano. Era española, aunque hubiera nacido en Cuba. Sus progenitores tomaron la precaución de refrenar su exaltación revolucionaria respecto a la decisión de la nacionalidad de su hija. «Mi padre lo resolverá», pensó, «que para eso es diplomático» y si no, pues, «qué se le va a hacer».

Ella no era rehén de nada, ni de nadie. Ni sería del Partido, aunque la obligaran. Ni repetiría, como una grabadora, las ocurrencias de un señor senil y trasnochado, aplaudido por un coro de sordos poseídos. Estaba contenta con su vida y con el período que le había tocado vivir, pero en nada se lo debía a alguien en específico o a una dictadura (aunque fuese del proletariado). Ella no estaba para eso. Quería trabajar, quería ser útil, pero no un peón de un juego absurdo que no le interesaba en absoluto. Por eso, cuando regresó, fue condenada con honores a trabajar bien lejos de La Habana, en Moa; pero ella no se lo tomó como un castigo, porque ella podía ser feliz en cualquier parte.

Alina no tenía amigos, en el sentido en el que mucha gente cree tener amigos. Alina conocía a muchas personas que prefería tener a raya, sin que invadieran su intimidad; por mucho que compartiera incluso sexo con alguna. Nunca fue amiga de Danger, en ese mismo sentido. La conocía y si coincidieron en más de un lugar era porque en el fondo eran partes de la misma cosa. Tenían mucho más en común, que en contra. Ambos eran seres indómitos, libres y pensantes que, por mucho que le pesara a quien le pesara, no necesitaban a nadie y en eso, incluso, superaba a Danger. Danger se enamoró, era lujuriosa. Alina nunca supo lo que era el amor más allá de su definición técnica. Tenía sexo cuando quería y con quien quería, como mismo elegía un restaurante para comer determinado tipo de plato y no otro o decidía hablar o mantenerse callada. *Era de otro planeta*, según la mayoría de las personas con las que se cruzó en algún momento de su vida. No era de un lugar, ni de otro. No era de dentro, ni de fuera. No era de un grupo, ni de otro. Era ella sola y el universo y todo lo que acontecía a su alrededor, intencionado o no, era pura casualidad. Pura sucesión de eventos cuya probabilidad llegó a uno independientemente de su vida. Se podría decir que "coincidió que ella estaba ahí".

Una persona así es una persona difícil, insoportable, insufrible. La gente necesita cierta complicidad para vivir. Ella no. Nadie podía pensar que se sentía superior al resto. La sensación era muy distinta. A ella el resto le importaba lo mismo que podía importarle a una mariposa, un terremoto en Japón. Las mariposas no producen terremotos. Ni los Santos, ni la suerte, existen. Todo efecto tiene su causa. Su pensamiento racional, analítico y extraterrestre, provocaba muchos disgustos en su entorno más cercano que ella no podía evitar porque, así de simple, ni siquiera los consideraba. No estaba a su alcance lidiar con las limitaciones del resto. Ella no se sentía superior al resto. Ella era superior al resto, aunque no lo supiera y el resto sí. Ella era especial, aunque no le preocupara y alguien pudiera sentirse ofendido, superado, arrasado. Ella era ella y lo demás era ese contexto cuya probabilidad de existencia era independiente de ella.

De Moa solicitaron traslado, pese a su encomiable trabajo. No la aguantaban. No los hacía parecer ineptos; eran ineptos. Ser bueno en algo no depende del grado de compromiso del sujeto en cuestión con la Revolución, del equilibrio asimétrico entre sus ideas y la ideología de la Revolución. No depende de la Fidelidad. Fueron los de Moa, los que se tomaron como un castigo su asignación desde La Habana. Explotaron. La acosaron incluso antes de que existiera el *bullying* (de sobra conocido por esos lares como uno de los inventos más crueles del capitalismo, una asignatura obligatoria en la universidad neoliberal). Pero fueron ellos los que explotaron. Alina no era dura, era durísima, ni siquiera comparable al guayacán o al jiquí. Su expediente quedó en alguna oficina del Ministerio de Salud, hasta que quedó una plaza vacante en una unidad donde quizá encajara. No hubo ningún expediente de Mayra en ninguna oficina pidiendo su traslado, pero era un secreto a voces que, el espacio que dejó Danger, no lo podía llenar alguien tan poco especial, tan normal, tan estadísticamente estándar, como Mayra.

—¿Qué tenemos? —preguntó Tom.

—Danger estaba segura de que detrás del crimen de Mayra estaba Mulet.

—Cuando se enteró que podía ser una mujer, por poco le da un síncope.

—Es posible que tuviera razón. ¿Qué móvil tenía esa mujer para matar a Mayra y a Josefina? Ninguno.

Alina permanecía en silencio, como solía hacer.

—¿Qué opinas, Alina? —le preguntó Tom para integrarla en la reunión.

—Creo que Mulet le tendió una trampa. Mulet debió entender que Danger es como un toro, al que no puedes matar a la primera. Antes es necesario agotarlo, extenuarlo, vencerlo a medias, subyugarlo. Solo así podría vencerle. Contrató a esta mujer y lo hizo para que Danger saliera de su trinchera, para que se expusiera. Tenía que ser algo convincente, inverosímil, comparable a tumbar las torres gemelas.

—¿Y Josefina?

—Josefina era la amenaza real. Le hizo creer que no pararía hasta dar con ella. Le obligó a mover ficha, aunque ella ya lo había hecho; en realidad, Josefina fue un daño colateral.

Ambos entendían que se refiriera a la Súper-Jefa en esos términos porque no la conocía, pero les resultaban harto extravagantes los términos que empleaba.

—Si tienes razón. No habrá más muertes.

—No habrá más muertes. Salvo que Danger se atrinchere de nuevo. ¿Cuál es la situación actual?

—Esto es confidencial Alina, ¿estás de acuerdo? —Alina asintió—. Nadie debe saber que hemos mantenido contacto con Danger, ni con gente del MDPD. Nos pueden acusar de mil cosas infundadamente —Alina no hizo más gestos. Tom no tuvo dudas—. La situación actual es que supuestamente Mulet asesinó a Sofía y al pequeño Marlon y, también supuestamente, cree que también mató a Eddy, el hijo mayor, pero no lo hizo. Danger no lo sabe. Está ingresada en estado catatónico en un psiquiátrico de máxima seguridad.

—¿Y Eddy?

—Eddy ingresará en un plan de protección de testigos en estos días.

—Técnicamente, Danger no está atrincherada. No habrá más muertes aquí. Mulet tendría que contratar un nuevo sicario, pero ya no tiene móvil. No tendría ningún sentido.

—¿Qué hacemos entonces? —preguntó English.

—Debemos identificar quién o quiénes sirvieron de enlace a Mulet en La Habana.

—Entiendo que debe estar en la lista que hicimos —dijo English mirando a Alina; en busca de complicidad. Tom también la miró a la espera de algún acuse de recibo facial.

—En el top de esa lista. Solo tendremos que investigar a fondo a cinco o seis candidatos.

Tom y English estaban contentos; a pesar de todo, algo volvía a integrar lo que habían perdido. Alina no era Danger, pero era una de las suyas. «Es una pena que no se llame Hazard», pensó English.

En cuanto llegaron los de homicidio, Suzie trasladó a Eddy a su casa. Le acompañaron Martín y Luther; en rigor les custodiaron, con la apariencia, no excusable, de una protección sentimental. Todos llevaban una mano en la pistola, los ojos en cada milímetro cúbico de la mañana y la cabeza dando vueltas a todas las posibles ideas para elegir la más conveniente. Pero las ideas eran como moscas indecisas entre mucha mierda fresca debajo de un matamoscas eléctrico que, por mucho que la probabilidad de electrocutarse tendiera a uno, se arriesgaban a comerla. El altruismo es más loco que las moscas y las chispas y la mierda. Todos sabían que Eddy no estaba a salvo en la casa de ninguno. Todos eran conscientes de que su sola presencia les ponía en una situación vulnerable. Todos conducían directamente a la mierda con el cerebro en blanco y todos los sentidos en rojo parpadeante. Eddy era, en ese momento, el centro de la diana, el ojo del huracán, la mierda y el faro deslumbrante. Eddy era un imán monstruoso de carga contraria al magnetismo de Mulet.

Por fin llegaron. Suzie preparó un desayuno que Eddy tomó como de costumbre; solo sin Marlon entretenido con sus cosas, ni Sofía apurándoles. Se le aguaron los ojos. Tenía muchas ganas de llorar, pero debía contenerlas. Eso creía. Todo parecía normal en la más absoluta anormalidad. Ni Suzie, ni Martín, ni Luther, quería hablar de Eddy en presencia de Eddy. Cada uno lavaba los mismos pensamientos en la centrifugadora de su cabeza, sin poder sincronizarlos, enfrentarlos y conectarlos entre sí; mientras, decían alguna que otra banalidad estúpida entre medias como si pudiera rellenar espacios, templos, agujeros. Eran malos actores, pésimos, de los peores, y eso no les permitía caber en el sillón, ni en el salón, ni en ningún lugar confortable.

–Suzie, por favor, ¿puedes llamar al Sheriff? –pidió Eddy.

–¿Por qué? Te puedes quedar conmigo todo el tiempo que haga falta. Tu madre se recuperará. Ya verás.

–Lo se tía Suzie. Se que me cuidarás bien, pero... tú no estarás a salvo; ni tú, ni yo, ni Martín, ni Luther, ni nadie – Todos quedaron impactados por la desconocida madurez de Eddy que hablaba en nombre de sus mismos pensamientos–. Solo estaré a salvo en un Centro de Menores... bien lejos de aquí.

–Cariño, esos sitios son para jóvenes que han cometido delito; no para ti.

–Lo sé. Supongo que al Sheriff se le ocurra algo mejor.

El arma causó gran sorpresa, pero la declaración de Eddy bastó para desmontar el escenario que el asesino pretendía recrear. El teatro de marionetas improvisado de Mulet no llegó al primer acto. La única versión verosímil era aquella que atribuía toda la responsabilidad de los crímenes a Mulet, aunque no hubiera una sola prueba... de momento. Tomaron huellas de las pisadas en la moqueta, pero no correspondía a ningún zapato comercial, tampoco al número de pie de Mulet. Las suelas parecían fragmentos de neumático de carro y eran algo más pequeñas y estrechas que las de una plantilla estándar. Sin duda, se trataba de un calzado manipulado *ad hoc* pero Mulet, tus pisadas, recorridas hacia atrás, les llevaron al coche. Quienquiera que hubiera sido, conocía a Barry.

Venciste a Danger, Mulet. Te saliste con la tuya. Le quitaste lo que más quería, lo único de valor que poseía, todo lo que deseaba. La vaciaste. La desconectaste. La sacaste del sistema. Ganaste. Triunfaste. Pero tú no lo entendiste así. Para ti se trataba de un empate técnico. Ahora estaban igual de desconectados, vaciados, desahuciados. Ahora ya no tendrían que ganar, solo no perder.

Ahora era el momento de enfrentarse, pero Danger no había estado a la altura de las circunstancias, Mulet. Se derrumbó, colapsó. ¡Qué pena! Te toca esperar. Te toca pensar otro plan y rápido. Te toca afinar. Antes sabías dónde estaba. Sabías cómo encontrarla. Ahora no. El toro desangrado y malherido desapareció. Lo sacaron del ruedo. No es posible una lucha entre dos desaparecidos, entre dos sin nombre, entre dos espectros sin alma, ajenos a las formas de vida del universo, entre dos fantasmas. Antes tú, Mulet, eras el vengador. Ahora, Danger es una vengadora en potencia, una furia dormida, que quizá despierte, quizá no. Si quieres darle muerte física, tendrás que adelantarte. Ya no se trata de la lucha entre el bien y el mal. Se trata del duelo entre dos seres de la oscuridad.

Los seres oscuros no son negros, Mulet, son agujeros negros. Sabes perfectamente que la positividad y la negatividad nada tienen que ver con la energía. Los seres oscuros son destructivos, e incluso auto destructivos y no tienen, incluso, que ser malos; basta con que no midan las consecuencias de sus acciones, conque todo valga para satisfacer su objetivo, conque den más importancia al fin que a los medios. Todo lo demás, Mulet, sabes que son estupideces, arquetipos, estereotipos y caricaturas para personajes de comics cubiertos con las capas más inapropiadas para correr o volar. El mal no tiene cara. Ni siquiera un ángel caído es malo, Mulet; solo es un ángel que ha sido expulsado del cielo por desobedecer o rebelarse contra los mandatos de Dios. Muchos suponen que Dios es el bueno, el bien. Pero Dios no te busca, Mulet, ni te frena, ni te desenmascara. ¿Por qué lo ha querido así? Porque no existe. Es un invento de los que expulsan, de los que desconocen que el cielo puede convertirse en infierno en solo un par de segundos. El numeral 391 del catecismo católico considera que: *el Diablo y los otros demonios fueron creados por Dios con una naturaleza buena, pero ellos se hicieron a sí mismos malos.* ¿Cómo es posible que fueran más poderosos que el todopoderoso? La caída no es eso, no es tan simple como elegir ser malo, Mulet, sino rechazar radical e irrevocablemente a Dios y a su Reino. El mal no tiene cara, como tampoco el bien.

Karla, seguiste yendo a trabajar como si nada hubiera ocurrido, como si lo ocurrido no tuviese relación alguna contigo. No levantaste sospechas. Seguías siendo el mismo ángel que contrataron sin saber quién eras, ni quién te había expulsado de dónde. Las huellas no pertenecían a tu pie. Ya lo sabías. Esas plantillas las venden los *hippies* por nada en cualquier plaza medio soleada y cercana al mar; les llaman artesanas.

Tu relación con Barry era desconocida. En realidad, a todos les importaba una mierda la relación de cualquier empleado con cualquier otro. Ya bastante tenían con las suyas o con las que no tenían, ni tendrían jamás en un trabajo de mierda como ese. Tú eras solo una amable y entusiasta empleada que pudiendo estar en cualquier parte estaba allí entre todos aquellos pajizos. Eso creían. Estabas a salvo.

El arma dio mucho de sí, pero fue una farsa, una manera de cubrir lo que querían ocultar. La policía insistió, dejó la duda, Barry no estaba solo, pero la Central no tenía ni idea de quién podía ser la cenicienta o el ceniciento que se fue de la fiesta cuando alguien acabó con todos los invitados. Preguntaron a los cuatro encargados de la custodia personalizada de esa residencia. Ni idea. ¡Tenía el mismo uniforme! Nada, cualquiera podía conseguir uno igual en tienda cochambrosa de disfraces. Los criminales no solo se disfrazan del payaso Art, El Joker, Chucky, o Freddy Krueger. No Mulet. Los peores criminales no se disfrazan, solo fingen. No necesitan de tanta parafernalia para llamar la atención. Después preguntaron a todos los contratados por la agencia; a todos. Nadie supo nada. Fue tan sencillo burlar la seguridad de una agencia de seguridad que ni siquiera lo celebraste. No tuvo mérito.

El entierro de Mayra y Josefina fue solemne, como suelen ser todos los entierros de personas relacionadas con el orden. Son actos que los representantes del poder aprovechan, muchas veces, para glorificar su incompetencia. Todos vestidos de uniforme. Todos serios, en atención, como astas sin banderas. Vinieron altos cargos del Ministerio de Salud, altos oficiales Ministerio del Interior, oficiales de alto rango del Ministerio de las Fuerzas Armadas Revolucionarias. Ninguno conoció directamente a Mayra y solo algunos, a Josefina. El acto fue privado. En la mismísima Plaza de la Revolución. Se trataba de un acto terrorista tras el que, sin dudas, estaba el Gobierno de los Estados Unidos. Según avanzaba el discurso: Tom, English y Alina sentían su responsabilidad con la patria crecía como la espuma de una jarra de cerveza alemana. Sin ser mencionados, les exigían como si de superhéroes se tratase, llegar hasta las últimas consecuencias. Iban a rodar cabezas, las que fueran necesarias y las que no; debían afanarse, obsesionarse, esmerarse, para que fueran las que esperaban y no las suyas.

Allí mismo el presidente de Ecuador, Rafael Correa, había dicho: *Los que mueren por la vida no pueden llamarse muertos. Fidel seguirá viviendo.* Y, es curioso, aunque nadie le mencionara, parecería que fuera el mismo Fidel el que diría: *No pueden llamarse muertas,* y ellos, fundamentalmente ellos tres, eran los responsables de salvar de la muerte a dos muertas.

Mientras el acto avanzaba en secreto, sin la presencia física del pueblo, como era tradición en ese lugar, Alina revisaba uno a uno el currículum de los escasos candidatos. Esta vez no podían suprimir a los muertos porque hay muertos que mueven los brazos de los vivos. Alina los ordenó por méritos delictivos, formando una pirámide casi perfecta. Había dos o tres posibles capos, si es que se les pudiera distinguir de esa manera. Todos tenían delitos de sangre y solo dos quedaban vivos. Les entrevistaron en el Combinado del Este. El primero dijo: *No, yo mato a gente como yo, no a gente del gobierno. Yo soy revolucionario.* La confesión fue tan peregrina como verosímil. Cuando le arrestaron, después de una interminable persecución, pudo hacerlo, pudo matar a un agente del gobierno, joven e inexperto, pero no lo hizo. Aceptó su derrota y se mudó al presidio para siempre. Desde ahí siguió controlando sus negocios de baja calaña, pero *ni él, ni ninguno de los suyos, tuvo que ver con eso.*

Los otros dos eran Mario y un tal Eugenio, al que apodaban "el tuerto". El primero estaba muerto, el segundo allí mismo, en el bloque de los condenados a muerte por paredón. Era un tipo muy peligroso. Le entrevistaron. *Fue gente de Mario,* les confesó. *No tengo por qué hacerlo, pero lo voy a hacer, fue gente de ese hijo de puta. Espero que se pudra en el infierno.* Alina se esmeró con este curioso individuo. Según él, todos sus negocios eran "decentes"; entendiendo por decente, cualquier cosa ajena a la pederastia. Esta gente tenía una curiosa manera de entender la justicia; pero, en efecto, aunque "el tuerto" mató a un policía en una borrachera, repudiaba a la sabandija de Mario.

En ese tipo de estructura, a diferencia de cualquier estructura racional, los bloques de nivel superior eliminan bloques de nivel inferior. En un edificio, si quitas ladrillos en la parte inferior de la estructura, terminará por caerse parte de todo lo que sostiene. En la arquitectura criminógena, las leyes de la física no funcionan. Todo ocurre justamente al revés; la fuerza se ejerce desde arriba hacia abajo.

La pirámide particular de Mario era, de hecho, la más involucrada en toda la trama de Alamar. Los otros traficaban drogas, mujeres, extorsionaban, robaban, pero sin esa parte del pastel que incluía a los niños. Hasta los inmorales tienen sus límites morales. Así de compleja es la moralidad. Por supuesto, Alina no confió en la moralidad de ninguno, ni siquiera confiaba en la suya o en la de todos esos que en la Plaza de la Revolución ofrecieron sus respetos. Investigó cada declaración con detenimiento en cuanto salió del Combinado; pero, en efecto, su intuición le ratificó que su búsqueda debía seguir por debajo de Mario.

Alina construyó un grafo en su cabeza con la "red" correspondiente a Mario; está claro que muchos de sus nodos tendrían conexiones fuera de la red (los delincuentes cooperan entre sí), pero su "asesina" estaba dentro y su posible intermediario con Mulet, también. Su objetivo era encontrar la conexión entre Mulet y ese individuo al que llamaría X. Alina asignó un vértice o nodo a cada delincuente y tantas aristas o arcos procedían con el resto de los delincuentes, según su relación o vínculo. La red no era demasiado grande. Después, mediante la aproximación más simple (dadas las circunstancias), estimó la centralidad: el valor que posee cada vértice en un grafo, aquel que determina su relevancia y por último se fijó en los nodos más relevantes; con los tres primeros sería suficiente. En definitiva, la arquitectura criminógena no es más que una metáfora de las redes delincuenciales.

–Eh –llamó su atención English con el codo–. ¿Qué haces ahí con los ojos cerrados? ¿Te sientes mal?

–No, creo que lo tengo.

–¿Qué lo tienes? ¿Que tienes qué? –Tom se acercó a los dos. El acto había terminado.

–Tengo a quien buscamos, al enlace con Mulet.

–¿Eh? –English abrió los ojos como una lechuza. Tom los cerró como una serpiente.

–Lo tengo, es Mayito –concluyó Alina.

–¿Cómo sabes que es Mayito?

–Lo he estimado. Tengo que comprobarlo, pero creo que es él.

–¿Cómo que lo has estimado? –preguntó Tom–. ¿Cómo lo has estimado?

–Aplicando la teoría de las ventanas rotas.

–¡Qué! –exclamaron los dos, aunque solo se oyó a English.

–Es una historia larga.

Suzie llamó al Sheriff. Pudo hablar con él con relativa facilidad, dado lo grave del asunto, de su pertenencia al Boca Raton Police Services Department y de la relación que en los viejos tiempos tuvo con el padre de Eddy. Nadie quería un escándalo. Ese día Eddy dormiría en su casa; pero, a la mañana siguiente los recibiría él en persona y encontraría una solución, fue su promesa. EN DIOS CONFIAMOS, ordenó decorar los vehículos de su departamento con ese lema, pero no había más nadie en quien confiar. AL SHERIFF NOS ENCOMENDAMOS.

Eddy no durmió. Después de cenar, Luther regresó a la unidad para cumplir su guardia; se quedaron los tres en el salón aparentando cierta normalidad mientras veían la televisión. Parecía que el presentador del *show* presenciara un programa paranormal a través del aparato y ellos fuesen los espectros protagonistas. Eddy mismo facilitó las cosas sintonizando la MTV. Allí él estaba a salvo. Suzie pensó que en algún momento le entraría sueño y le hizo la cama de invitados, pero no fue así. Preparó el sofá para Martín y se acurrucó en una butaca enorme imposible de consolarle. Ninguno pegó ojo.

Martín pensó en Danger; pero, no podía evitarlo, las imágenes que se formaban en su cabeza desvariaban en sendas orgías en las que unos intocables de guante blanco sometían a su antojo a un puñado de niñas que jugaban a ser putas. No podía evitarlo. En medio de la bacanal surgía Mulet. *Cuidado, Martín. Mucho cuidado con lo que haces*, le advertía y él apretaba los dientes y Danger entraba al salón con una camisa de fuerza blanca y se sentada enfrente y no paraba de mirarle. Martín quería leer sus pensamientos, pero era imposible. No había nada. Absolutamente nada; solo unos ojos que, cuanto más se acercaba, más vaciaban. Tenía las cuencas oscuras y espesas como petróleo, como el alma. Unos escalofríos le recorrían el cuerpo y vuelta a empezar.

Suzie fantaseó con la idea de adoptar a Eddy. No tuvo hijos, ni marido aceptable. Siempre vivió sola; más sola que la una, que un agujero en el desierto. Siempre fue solo Suzie. No pensó en Danger. Quizá se recuperara, quizá no. Tuvo la ocasión de adoptarlo antes de que apareciera, pero no lo hizo. ¿Quién sabe por qué? No todo el mundo está capacitado para oler las oportunidades que ofrece la vida. Ella seguía en la agencia municipal de la policía sin nadie que le esperase, ni le preparase el desayuno alguna vez, ni se abriese frente al televisor con su compañía. Ella seguiría allí hasta el final de sus días en activo; hasta exaltar el último aliento.

Eddy pensó en cómo librarse de esa cosa blanca, enorme y pesada que le impedía respirar, que le estrangulaba, que le mataría sino conseguía ahuyentarla. Tuvo frío, muchísimo frío; pero nadie debía saberlo. Ni Suzie, ni Martín notaron sus temblores. Tuvo asco, mucho asco, pero tampoco se percataron de sus arcadas. Supuso que lo que ocurría era una especie de síndrome de abstinencia provocado por la interrupción de su vida.

El Sheriff Hartman les atendió en su despacho asistidos por un enorme Cristo tamaño natural. Una asistenta se llevó a Eddy a otra habitación recubierta de madera, con el pretexto de rellenar un formulario, una especie de *test* o evaluación psicológica. Él entendió que se trataba solo de quedarse a solas con los adultos y aparentó ser disciplinado. Una vez solos hablaron. El Sheriff estaba al tanto. Todo el sistema estaba al tanto. Se trataba de proteger, no solo al menor, sino también a muchos agentes. Danger estaba incapacitada, al menos de momento. *Gracias a usted se evitó la matanza*, le dijo el mismísimo Hartman echando en cara a Mulet su incapacidad. La conocía de sobra. Le ayudó a integrarse al *American way of live* y no la iba a dejar tirada. Por nada del mundo. No sería cristiano.

–Eddy no va a ir a ningún centro de menores –sentenció después de una larga conversación donde todos dieron su punto de vista–. Lo incluiré en el plan de protección de testigos y lo vigilaré bien de cerca. Le daremos ayuda psicológica y lo mandaremos bien lejos de aquí. Ustedes no podrán verle, aunque sí podrán hablar con él y él con ustedes, a través de un canal seguro. Será bueno para su salud mental que no pierdan el contacto. Tenemos que coger a esa rata traidora y freírla en la silla eléctrica ya. Voy a disponer todos los recursos necesarios para acabar con él –hizo una pausa indispensable para cambiar de tema y continuó–: La casa era ya de su propiedad, según hemos podido comprobar, así que la precintaremos y la introduciremos en la red de vigilancia del condado; a partir de ahora esa casa es una dependencia de este departamento. Eso haremos.

Dispuso como si fuera un juez, pero ninguno puso objeción a su plan. Era lo mejor para Eddy. Le invitó a un café mientras esperaban que regresara y, era inevitable, no podían hablar de otra cosa que "del crimen". Cuando Eddy apareció, le invitó a sentarse con un gesto.

–Eddy, cuánto lo siento muchacho. ¡Cuánto lo siento! Te voy a ahorrar todo eso de que era amigo de tu padre, ya lo sabes, supongo, y también de tu madre. Tú padre fue un gran policía y tu madre... tu madre es una fuera de serie –y estuvo tentado de mencionar "pecadora", pero se contuvo–. Tienes que estar muy orgulloso hijo, muy orgulloso. Te diré lo que vamos a hacer si te parece bien –hizo una pausa que Eddy aprovechó para mirarle con detenimiento. Todo lo que diría a partir de ese momento cambiaría su vida–. Lo primero que vamos a hacer es rendir honores a tu madre Sofía y a tu hermano Marlon. Vamos a enterrarlos como es debido y rendirle nuestros respetos. Después necesitamos cambiar tu identidad. Es la única manera que tenemos de protegerte muchacho. Puedes ponerte el nombre que quieras y podrás elegir dónde prefieres vivir, de entre los lugares que te vamos a proponer. Todos son lugares seguros. Vamos a trabajarlo, tendrás seguridad y todos los servicios que necesites el tiempo que sea necesario. Todo esto es muy difícil hijo, pero lo vas a superar y mientras, mientras vamos a atrapar a esa rata.

Eddy permaneció en silencio, una pausa que todos respetaron solemnemente. Luego preguntó:

–¿Qué va a pasar con mi casa?, ¿con mis cosas?, ¿con las cosas de mi familia?

–Te vas a llevar contigo lo que desees. Es provisional. Tendrás que elegir, pero podrás llevarte contigo lo que elijas. No quiero que te sientas solo, muchacho. Vamos a precintar la casa, la vamos a incluir en el sistema de vigilancia, como si fuera una de nuestras dependencias, hasta que tu madre se recupere, atrapemos a ese mal nacido y puedan regresar y seguir juntos –Eddy siguió en silencio; aunque, de cierta manera, algo en su interior se relajaba. Algo se interponía entre esa cosa blanca, enorme y pesada y sus costillas. Por fin sentía algo similar al alivio. Ahora estaba preparado para vivir en una institución ajena, con "hermanos" ajenos y tutores más ajenos aún; pero, sorpresa, no pasaría por eso. Hartman le ofrecía entrar a la adultez con dignidad. Por primera vez, desde que tuvo aquella "conversación" con su madre, estaba a salvo–. ¿Qué me dices, hijo?

–Gracias.

Por precaución, Karla, cambiaste de agencia de seguridad. El Jackson Health System ofrecía una plaza, Hospital Security Specialist, sin experiencia, jornada completa (días, tardes, noches) para el Boca Center For Health. Podías aplicar. Estar dentro del sistema de salud te podía acercar a Danger.

Aplicaste *online*, rellenando cuidadosamente con todo lo que suponía que deseaban leer y esperaste. Te llamaron, te concedieron una entrevista y entraste. Cambiaste un poco de aspecto. Te teñiste el pelo de negro, el más común de los colores, y te presentaste con gafas redondas Ray-Ban. Todo fue según lo previsto. Todo salió como esperabas. Ya estabas dentro.

Por temeridad, Karla, no cambiaste de alquiler, ni de teléfono. En la mismísima ciudad de Boca Ratón te sentías a salvo. Tu tarjeta de prepago figuraba a nombre de Karla Loraigne, igual que tu licencia de conducción y cualquier documento de identificación. Tu número de teléfono se escondía detrás de un mensaje de "número oculto" en cualquier llamada WhatsApp. Habrías usado un codificador de texto, pero subestimaste a tus contactos en Cuba y a la red de telefonía de Etecsa y a los que controlan toda la información que fluye por los escasos canales de la red móvil de abajo hacia arriba.

No se puede subestimar a nadie Karla. Conservabas varios contactos en La Habana de aquellos viejos tiempos en el que eras el Robert Redford del MDPD, de cuando eras poderoso e influyente, de tus peregrinaciones tan lejos del bien, de tus incursiones tan cercas del mal. Elegiste a Mayito: una víctima que sin duda se convertiría en verdugo, un descendiente de la peor calaña que, como demostró, sabría darte lo que querías a cambio de unos pocos dólares, influencia y alguna que otra promesa.

Hay varias cosas que no tuviste en cuenta Karla; algunas incluso por surrealistas. Se te olvidó que, en Cuba, la palabra privacidad no existe, ¡es ilegal! Se te olvidó que incluso el contacto inocente de cualquier civil con un extranjero estuvo penado y aún, después de tantas vueltas de la tierra alrededor del sol, sigue estando "vigilado". No existe el individuo, Karla. Ya se que para ti es difícil de entender. Tú vives en un país donde la gente tiene el derecho de tomarse la "justicia" por su cuenta, donde cualquier imbécil puede pertenecer a un grupo de supremacía blanca como Alt-right o el KKK o cualquiera de los muchos con ideología nazi amparados por las cortes y la Primera Enmienda de la Constitución de los Estados Unidos de América e incluso alabados por tu presidente: Donald Trump. *America First*.

Sabes que los mejores son aquellos que prestan atención a los detalles; pero los psicópatas no prestan atención a todos los detalles, ni pueden planificar el futuro, ni pueden controlar sus impulsos. Los psicópatas se aburren y seguros en exceso de su superioridad, cometen errores. Detrás de todas tus decisiones hay más instinto que racionalidad. Lo sabes, pero te da lo mismo. Son los otros los que te obligan a actuar así. Tú no tienes culpa de nada. Ni siquiera del placer que sientes con el daño que produces. Es Danger la culpable de todos tus males. Es Danger la que debe sufrir y morir.

Solo tenías que cruzar Meadows Rd para acercarte, pero eso no lo sabías, ni lo sabrías. No tenías ni idea de lo cerca o lejos que pudiera estar. Ni siquiera imaginabas que Danger pudiera estar ingresada en Boca Ratón. Solo querías estar cerca de los médicos, de las batas blancas. Intuías que lo necesitarías sin pensar que Danger estaría cerca de los médicos, de las batas blancas, en contra de su voluntad, de lo poco que le quedaba de voluntad.

Cuando subieron al carro, Alina estaba extenuada. Parecía ida.

–¿Te sientes mal? –preguntó Tom.

–No, solo estoy cansada.

–¿Te llevamos a tu casa?

–No. Vamos a la unidad. Necesito dormir durante el viaje – dijo, se colocó unos audífonos y antes de desconectarse del todo terminó la frase–: No se preocupen, estoy bien. Solo les ruego que no hablen durante el viaje –a continuación, pulsó la tecla *play*, una música extraña a todo volumen se apoderó del coche y se rindió.

Llegaron a la unidad, Tom parqueó y no se atrevió a apagar el motor viendo como dormía. Alina abrió los ojos, apagó el aparato y salió del coche como una autómata. English y Tom le siguieron. Tom colocó el cartel de NO MOLESTAR y cerró la puerta. Todo pareció volver a cierto estado de normalidad. Se sentaron. Alina sacó unos folios de la impresora y un portaminas azul pastel del bolso. Empezó a dibujar puntos y líneas entre los puntos y a escribir los nombres de los delincuentes de la lista sobre los puntos. English agarró la lista para comprobarlo. Eran más de cincuenta y allí estaban todos. Después empezó a escribir ecuaciones al borde, extrajo de su bolsa una calculadora, que ninguno de los dos había imaginado siquiera que existía, y empezó a combinar cálculos en el aparato con números que escribía encima de los puntos y de las líneas, a veces pisoteando algún nombre.

Ninguno dijo nada. Era la primera lluvia de ideas silente en la historia de la brigada forense número 10. Así estuvo alrededor de un cuarto de hora sin música de fondo siquiera, después hizo un círculo encima de un punto etiquetado como Mayito.

–En efecto, es este.

Tom y English no daban créditos. Estaban pasmados, atónitos, patidifusos. Aquello superaba con creces cualquier cosa, real o imaginaria, que hubieran soñado; superaba la magia, la brujería, el encantamiento.

–Supongo que ahora tenemos que diseñar un interrogatorio para que este sujeto... "Mayito", confiese un correlato forense plausible a los hechos –Ninguno dijo nada. Estaba claro que no era de su competencia. Ellos podían interrogar testigos o sospechosos, pero sobre Mayito no pesaba ninguna acusación.

–Hablaré con la policía, seguro que tienen más de un motivo para detenerle y entonces... –tampoco terminó la frase. Después de aquella demostración de poder, cualquier cosa parecía de aficionado –. Oye, Alina –estuvo tentado de exclamar *¡Tú no eres de este planeta!*, pero Alina le miró con cara de «ni se te ocurra», y English reformuló su intervención–: ¿Se puede saber cual es esa historia larga?, ¿la de las ventanas?

–Mejor la corta –respondió Alina y, como si fuese una máquina, contó–: La teoría de las ventanas rotas asume que el comportamiento criminal se contagia como una epidemia cuya difusión genera patrones espaciotemporales de actividad criminal en la región geográfica en la cual se encuentra inmersa.

Para los dos quedó claro: una cosa demasiado compleja, basado en algo supuestamente simple.

–¿Cómo sabes todo eso?

–Curiosidad –se limitó a contestar.

Danger se moja la cara, cierra el grifo y se mira en el espejo. La persona que tiene delante está seca. La mira desafiante. Sus movimientos no se corresponden a los suyos. No conservan ningún tipo de simetría. La mujer extiende un brazo, a través del espejo, y lo coloca sobre su hombro. Es un tentáculo. Danger puede sentir su frialdad salina, su consistencia pegajosa. Le rodea la cintura. Los dragones de su vientre lo desafían y el tentáculo los devora, también a la serpiente que cruza su espalda. Toda su piel es blanca y pura y el tentáculo se nutre y la piel se seca y agrieta y termina por partirse en trozos frente al suelo. Solo los ojos quedan para contemplar el horror. Solo la boca queda para lamer el dolor. Solo los oídos quedan para escuchar a la muerte. Ella es el pulpo de su fiesta Hentai.

El funeral se celebró en la Ermita de la Caridad. Eddy supuso que lo hacían allí porque sus madres eran cubanas y porque Hartman era cristiano apostólico romano, pero él no estaba en situación de decidir. En realidad, él estaba ajeno a todo eso. Todos sus amigos, creyentes o no, estaban allí, delante de un mural atestado de mártires desconocidos, de una patria extraña que empezaba en el niño Jesús y la madre y terminaba en un bote fugado de la esclavitud en busca de la libertad.

Entre medias Cristóbal Colón, el Padre Las Casas, el Padre Miguel Velázquez, los Padres Franciscanos; el Padre Varela y los obispos Compostela, Valdés y Espada; Céspedes, Aguilera y Agramonte; Máximo Gómez, Antonio Maceo y Calixto García, etc., insinuaban la extraña conexión entre fe y patria.

Eddy quiso creer que no se trataba de él, pero no solo decían adiós a Sofía y a Marlon, sino a él. Todos fueron a despedirse de él. Todos, hombres y mujeres, estaban allí de uniforme de gala, rindiendo sus respetos a su madre, a su hermano y a él. La misa estuvo a cargo de un sacerdote cubano que aprovechó la ocasión para pedir la libertad de los presos políticos cubanos y, ya de paso, la de toda Cuba. La mayoría pasó por alto el atrevimiento, pero nadie tuvo el valor de recriminarle nada. Por último, el Sheriff Hartman dijo unas palabras breves y conmovedoras en nombre del Estado y del mismísimo gobierno de los Estados Unidos de América.

Todo pasó muy rápido a pesar de la lentitud del sacerdote. Todos le abrazaron en silencio sin poder contener las lágrimas y el último, el propio Sheriff, lo apartó hacia una estancia donde solo estaban los dos. Parecía que allí iba a tener lugar un encuentro místico.

–Hijo, ¿has pensado ya acerca de tu nombre? –le preguntó.

–Si, Señor Hartman, quiero llamarme Wakamba.

–¿Wakamba?, ¿de dónde viene ese nombre?

–De un cómic de Marvel –El Sheriff valoró la idoneidad del nombre y asintió. Nadie le encontraría con un nombre de un cómic de Marvel–. Tendrás que pensar en un nombre o en un apellido.

–Wakamba Lee.

–Me parece bien Wakamba Lee –aprobó el Sheriff. Después de la despedida, el joven Wakamba subió a una caravana negra blindada y partió hacia un lugar desconocido al norte, muy al norte de todos los Estados Unidos de América. Un lugar del que solo sabía el Sheriff y la pequeña comitiva que le trasladaba. Un lugar secreto preparado para acoger al viejo Eddy con los pocos objetos que eligió de compañía. Sacó su Frankenstrat y tocó, como si nadie le oyera, el solo de *Comfortably Numb* para Marlon, para Sofía y para Danger, mientras lloraba sin consuelo.

Boca Center For Health es una especie de policlínica, regentada por un grupo de médicos, en una especie de conglomerado arquitectónico de una sola planta, muy blanco, muy moderno, muy *chic*, que incluía Access Medical Labs, Brehmer Pediatrics, Gastro Health Center, Heart Care Assoc, etc.; la mayoría relacionados con Health Care and Social Assistance. Un lugar modesto para empezar, Karla. Tú estabas allí solo para encargarte de la seguridad de los servicios informáticos. Nada *cool*. Debías evitar ataques intrusos, crear copias de seguridad y realizar algunas actividades menores propias de cualquier servicio de ciberseguridad. A estas alturas usar los aseos de mujeres e incluso llevar alguna compresa inútil en el bolso, no suponía una preocupación para ti. Evitabas ser vista y, cuando los encuentros resultaban ineludibles, sonreías para no levantar sospechas.

Todo fue bien, no había un Psychiatry Lab, pero tú solo estabas calentando motores, manteniéndote en acción, a la espera de un plan mejor, susceptible a la recepción de una orden que te movilizara. Danger seguía en paradero desconocido; como si no existiera. Pasaste por delante de su casa más de una vez. Seguía vacía. Hasta parecía abandonada. El lenguaje de las casas es curioso, solo es cuestión de saberlo interpretar.

Las casas dicen cuando están llenas o vacías, cuando albergan al infierno, cuando están desprotegidas, cuando desoladas. La casa que una vez vivió la euforia de la felicidad estaba en plena decadencia. Había dejado de ser una casa triste para convertirse en una casa condenada. En esas de las que nadie querrá habitar, en esas que provocan desconfianza y temor, esas condenadas a la destrucción por olvido, por desidia, por necesidad.

La casa nunca te recriminó nada, a pesar de ser el autor de toda su desgracia. Se limitó a ignorarte, a ocultar todos los secretos que albergaba, a sellar cualquier entrada a tu presencia. Tú seguías de largo con una extraña sensación de poder y satisfacción. La casa era la prueba de tu eficacia destructiva. Quizá Danger estuviera muerta. Uno puede estar muerto estando vivo, pero tú no te referías a eso. Todos los días buscabas en las necrológicas de los medios principales, en la de cada tanatorio, en cualquier *web* que estuviera dispuesto a soplarte lo que con tanta ansiedad deseabas, pero nada. Técnicamente Danger seguía viva porque, técnicamente, no había sido declarada muerta, ni desaparecida, y eso era suficiente hueso para seguir husmeando. No se la podía haber tragado la tierra, ¿o sí?

Te acordaste del *loft* subterráneo de los Stiltson, obra de un arquitecto paranoide y trastornado que acabó suicidándose con un balazo en la cabeza, donde quedó atrapada la insoportable Mimi, esa niña que no era menor, sino adulta. Aquella casa oculta tras los libros, bajo el librero. «Aquella casa escondía sus secretos». «¿Y si Danger estuviese allí?», alumbró tu nublada mente. «¿Cómo va a estar ahí?», discrepó tu sistema de acción lenta; pero esa idea peregrina te acompañó durante horas ¿Y si estuviera encerrada en un zulo?, ¿escondida y aislada? ¿Y si estuviera enterrada?

Mario hijo, alias Mayito, admitió servir de enlace. *Yo solo los puse en contacto. No tenía ni idea de para qué,* fue su débil e inútil excusa. Había borrado los mensajes con Mulet, pero Alina pudo recuperarlos. La nube es el invento supremo del gran hermano. Con un simple *widget* vio, leyó y salvó todas las notificaciones que buscaban y las que no. Sus comunicaciones le ayudaron a completar su topología de la red delincuencial y las relaciones con otras redes y a la fiscalía para acumular acusaciones que le encerrarían de por vida. Con solo el artículo 91 de la Ley Nº. 62,

> El que, en interés de un Estado extranjero, ejecute un hecho con el objeto de que sufra detrimento la independencia del Estado cubano o la integridad de su territorio, incurre en sanción de privación de libertad de diez o veinte años o muerte.

Tenía de sobra. La ley siempre es interpretable. Si tenía suerte con este, podrían caerle los de la sección sexta de espionaje.

> ARTÍCULO 97.1. El que, en detrimento de la seguridad del Estado, participe, colabore o mantenga relaciones con los servicios de información de un Estado extranjero, o les proporcione informes, o

los obtenga o los procure con el fin de comunicárselos, incurre en sanción de privación de libertad de diez a veinte años o muerte.

2. En igual sanción incurre el que proporcione a un Estado extranjero datos de carácter secreto cuya utilización pueda redundar en perjuicio de la República, o los obtenga, reúna o guarde con el mismo fin.

Había un buen repertorio a su disposición cuya sanción era la misma: privación de libertad de diez o veinte años o muerte. Solo su "relación" con el enemigo le desahuciaba con honores; pero había más y el Código Penal Cubano vigente en sus artículos 298 y 299 condena a privación de libertad de ocho a veinte años o muerte, por el delito de violación, si la víctima es una menor de doce años; y con privación de libertad de ocho a veinte años o muerte, el delito de pederastia si la víctima es un menor de catorce años. Mario hijo estaba acabado. Tenía grabaciones de violaciones a menores de doce años (algunas de ellas denunciadas). Tenía fotos pedófilas, incluso de bebés. El tráfico ilícito internacional de drogas, estupefacientes y sustancias psicotrópicas parecían delitos inferiores, insignificantes moralmente, aunque cargaran sanciones similares. A Mayito solo le quedaba la muerte.

Todos estaban satisfechos. Parecía que habían sobrecumplido (una aceptación cubana que no existe en el diccionario de la real academia española) su misión en tiempo récord. Todos recibieron elogios y condecoraciones. Hasta de Moa llegó un telegrama con felicitaciones. Alina no se dio por enterada. Nada cambió en sus hábitos. Llegaba con su moto, se encerraba en su cubículo, participaba en las reuniones con sus compañeros, seguían en la investigación de otros casos y luego desaparecía.

Un día apacible, de esos en que los gorriones se asoman a las ventanas y saludan, Tom la llamó a su despacho. Pura rutina, pero English no estaba. Le pidió sentarse y habló como si lo que tuviera que decir, llevara siglos preparado:

–Alina, quería comunicarte que voy a renunciar y pedir que seas tú y no yo la que coordine esta brigada –Alina no se inmutó, esperó que Tom continuara su intervención, pero no lo hizo. Ambos quedaron en silencio.

–No lo hagas –Tom la miró extrañado. Era lo justo–. No me interesa.

–¿En serio? –Alina asintió con la cabeza. Tom no se atrevió a preguntar sus no-motivos que le privaban de mayor remuneración y rango en el cuerpo. Podía entenderla, él aceptó ese puesto por responsabilidad, pero estaba obligado a hacerlo. Su capacidad era muy superior a la suya. No era justo.

–En serio. Tom... –siguió como si desenrollara el hilo de una antigua conversación y para evitar decirle que incluso sería perjudicial continuó–: lo más importante no ha sido trincar a Mario hijo –Tom se extrañó. A veces Alina usaba palabras que poco tenían que ver con lo que quería decir; desde luego no podía referirse a emborrachar o embriagar–. Tengo localizado a Mulet.

Tom se estremeció. Levantó el teléfono:

–English, ven a mi despacho ahora mismo.

El nombre del cómic de Marvel no era Wakamba, sino Wakamda, pero eso el Sheriff lo pasaría por alto. Wakamda es un país ficticio situado en el África subsahariana. Wakamba era una tribu de Kenia famosa por sus arqueros, por sus flechas envenenadas y por la escasez de sus sentimientos amistosos. Eddy no sabía nada de eso. Eligió ese nombre porque coronaba una de las pocas fotos que tenían sus madres de Cuba. Un cartel muy vertical a cuyo lado posaba una especie de salvaje con un escudo en una mano y una lanza en la otra. Le gustaba esa imagen y ese nombre y la risa de sus madres posando debajo. Eddy no sabía que era un restaurante-cafetería que empezó con comida china y criolla y terminó con gastronomía italiana.

Rasgueó las cuerdas durante un largo rato, que le pareció muy breve, y luego se rindió. Cuando le despertaron era de noche. Estaba en el Aeropuerto Internacional de Orlando rumbo a ese paradero desconocido dispuesto a acogerle. Uno de sus custodios preguntó:

–Hola chico, ¿cómo te llamas? –Eddy apenas abrió los ojos, lo miró confuso y respondió con rapidez.

–Wakamba... Wakamba Lee.

–¡Buen chico! Me gusta tu nombre. Me gusta –repitió entre sonrisas mientras bajaba las maletas para dirigirse en el interior, al mostrador de Frontier.

Danger escuchó la voz que llegaba desde dentro.

Ey, ¿qué tal estos hijos de puta que te han encerrado? ¿Los conoces? Están experimentando contigo. Es un plan secreto para crear un arma biológica letal. Te han elegido. Intenta levantar los brazos. ¿A que no puedes? ¿Sabes por qué? Porque te han drogado para controlarte. Si no, los matarías a todos. Mira a tu alrededor. No hay nada con lo que puedas hacer daño. Ni siquiera tú misma te puedes hacer daño. No, no me río. La verdad me da pena, mucha pena, que estés hecha una mierda. ¿Qué te pasó? ¿Por qué dejaste que te cogieran?

Sus ojos se movían buscándole; era lo único que podía controlar. Intentó subir los brazos como le ordenaba la voz, pero no pudo. Parecían metálicos, dos enormes cañones de bronce fundido anclados al suelo. La voz siguió hablándole. Le molestaba continuamente. A todas horas. Hasta le despertaba. Le daba sermones, le recriminaba, le insultaba. Era una pesadilla. Danger intentaba imaginar cómo matarla, pero ella le escuchaba. *¿Crees que no te he oído?* Y se reía. La hacía llorar y ahí se quedaba con los lagrimones ensuciando su cara y empañándolo todo sin poder hacer nada. Alguien ha abierto la puerta. Es la enfermera. Viene hacia ella. Lleva algo que puede servir para matarla. Es un bolígrafo o algo parecido. Nadie puede evitarlo. Mientras la voz le animaba: *¡mátala, mátala, aprovecha ahora, vamos!*, Danger saltó como una pantera encima de su víctima. Saltó y con un brazo de cañón macizo alcanzó el artefacto y se lo clavó en el cuello.

El Doctor Wilson era un especialista de gastro reconocido. Tenía fama de buen médico, quizá porque escuchaba con mayor atención que otros a cada uno de los pacientes. Él nunca tenía prisa. Él era uno de los primeros en llegar y de los últimos en salir. Estaba casado con una mujer de gimnasio, tenía dos preciosas hijas y una bonita casa cerca de la playa. Gozaba de buena reputación en la comunidad y era relativamente joven. Lo tenía todo, pero no del todo.

Se fijó en ti, Karla, desde que llegó. No frenaba su mirada larga y fantasiosa mientras pasaba más veces de la cuenta por delante de tu pequeña oficina. Le llevó varias semanas decirte algo, pero terminó saludándote, invitándote a un café y, por último, a comer. Te sorprendió. No lo esperabas. Ni siquiera te pasó por la cabeza que algún médico de allí se fijara en una empleada como tú. Solo podía ser por una cosa que, desde luego, nada tenía que ver con casarse contigo.

Intentaste apartarle con suavidad. No querías llamar la atención; ni la de él, ni la de nadie. Era difícil vestirse menos sexi con el uniforme de tu compañía; de un color gris plomizo seccionando todo el perfil con una delgada raya roja, desde el cuello hasta los tobillos. Pediste que te pasaran a los turnos de tarde y de noche para no tener que verle. Te encerraste en tu minúscula habitación. Te mantenías en silencio, pero Dr. Wilson insistía; cuanto más difícil, más.

Empezó a estresarte Karla, ¡a ti! Eso no estaba bien. No podía ser. Bien podría llamarse acoso. Era difícil creer como este hombre, en poco más de un mes, había perdido la compostura. Te hubieras rebajado con gusto la talla de las prótesis de tus pechos o la de tus caderas, pero no podías levantar la liebre. Tenías que aguantarlo y aquel hombre no estaba dispuesto o acostumbrado a aguantarse. Después de cierto nivel adquisitivo, muchos ven productos por todas partes. Productos de consumo, de inversión, de satisfacción; productos que tienen un precio, productos como la viagra o algún tratamiento placebo, productos de usar y tirar.

El Doctor Wilson se puso muy pesado, insoportable, insufrible, baboso. Habías decidido cambiar. Danger seguía sin dar señales de vida y tú tenías el deber supremo de seguir tras ella. No merecía la pena. Habías escapado de otras para caer en esta, pero no pudo ser. Él tuvo que estropearlo todo. En un solo día. En una sola ocasión. No lo viste venir, Karla. Igual ya no tienes los reflejos que tenías. Tus capacidades han mermado, se han entumecido. El Doctor Wilson se metió en el baño tras de ti y cerró la puerta. Después abrió una de esas misteriosas puertas donde puede pasar cualquier cosa. Tú estabas allí, orinando, de pie, como un señor en el cuarto de señoras. Él solo te rogó que te dieras la vuelta para chupártela.

–Dame ese rabo –te suplicó temblando de excitación–. Quiero mamártelo hasta que te vengas en mi boca –detalló en perfecto inglés británico–. Se que eres un hombre y eso me vuelve loco.

Ni siquiera tuvo tiempo de verte la cara. Un bisturí recién estrenado le seccionó la aorta y el bueno de Wilson cayó al suelo temblando como un cerdo y embarrándolo todo con su chorro de sangre rebosante de hemoglobina.

English entró asustado al despacho, como si Alina quisiese matar a Tom o lo tuviese de rehén, pero los encontró tranquilamente sentados en la gloriosa mesa de la casi siempre American Patrol (solo por culpa de un nombre). Tom jamás le había hablado con esa autoridad, ni de broma. Eran igual de compañeros que cuando la Jefa era Danger, solo que respetaban el rol que, según la jerarquía de sus cargos, ocupaban.

—Alina ha localizado a Mulet.

—¡No me jodas! ¡Perdón, perdón! ¡Es solo una expresión! No lo tengas en cuenta —Alina no se movió—. Oye... esto es serio, ¡muuyyy serio!

—Confidencial, ¿de acuerdo? —dijo Alina en voz baja.

Todos sabían que eso podía costarle muy caro porque, el estado, el gobierno revolucionario, no tenía forma alguna de localizar a un enemigo sin espía por medio, a distancia; de lo que se deduce que, quien lo hiciera, era debido a la pertenencia de información privilegiada no autorizada, por la tenencia de alguna relación oculta en el bando equivocado, por la pertenencia a cuerpos de inteligencia mutuamente excluyentes (ser un doble agente), o por cualquier cosa de todo menos bonita.

–No tiene mucho misterio. Del teléfono de Mario hijo, extraje su número.

–¿No estaba oculto? –preguntó English.

–Estaba –continuó Alina–, pero eso es lo de menos; es lo más fácil de conseguir. Una vez conocido el número –que extendió escrito en una nota sobre la mesa–, lo siguiente era triangularlo a través de las antenas de telefonía.

–Esa es la parte difícil, ¿no?

–Bueno... digamos que lo conseguí.

–¿Lo conseguiste? Así, ¿sin más?

–Signaling System No. 7. SS7. Ese es el protocolo que modera la transmisión entre un teléfono y su operadora. Lo conseguí entrando en la red SS7.

Los dos se quedaron de piedra. Lo último que podían esperar era que la nueva, sin salir de La Habana, diera con un prófugo que ni la Interpol, ni el FBI, ni el MDPD había podido. Bien es cierto que ellos ahora tenían información privilegiada, tenían su teléfono; pero aquello olía parecido a los casos de Alamar que acabaron con Danger.

–... –English no podía hablar.

–Lo mejor viene ahora –«¡En serio!».

–Si –continuó como si leyera su pensamiento–, lo mejor no es solo que tenemos la posición de Mulet, sino todos sus mensajes y todas las grabaciones de sus llamadas.

English estuvo tentado de besarle en la cabeza, pero se contuvo. «¡Esto es ciencia ficción!, ¡ciencia ficción», pensaba mientras giraba en torno al escritorio. Tom seguía con la mirada clavada en ese número. El método de Alina no era otro que el mismo que usaban las agencias de inteligencia, incluida la NSA de los EE. UU. Solo era cuestión de saber y hacer.

–Esto es estrictamente confidencial –dijo Tom; quizá pensando en que los métodos tradicionales de espionaje en La Habana no podían ser tan sofisticados. «Fuerza bruta», quizá–. Esto no puede salir de aquí. Vamos a revisar todos los pasos de ese cabrón y luego hablaremos con los yanquis. Eso es aún más confidencial.

La enfermera salvó la vida de milagro. Estaba en un hospital, rodeada de médicos, con todo lo necesario al alcance. La rotura fue parcial y la intervención quirúrgica inmediata. La salvaron. Más difícil fue salvar a Danger, reducirla, quitarle la improvisada "arma", inmovilizarla. Mordió, pateó, cabeceó, e hizo todo lo que pudo por destrozar a toda aquella fauna que le agredía. Una vez controlada, fue aislada en un ala de psiquiatría con seguridad reforzada. Tenía la agilidad, rapidez y fuerza de una mala bestia. Era un arma letal, que la camisa de fuerza y el bozal, reducían a un alma indefensa. Lloró y lloró, era todo lo que podía hacer. Lloró todo lo quiso y más. El llanto, para los que no lloran nunca, tiene un efecto liberador magnificado, pero exige mayor esfuerzo y energía y vitalidad.

Le esperaba un largo e incierto proceso de recuperación. Le esperaba un infierno más grande, más profundo, más caliente, más árido que cualquier otro infierno conocido. La desintoxicación de la locura requiere mucho más que tiempo. Es como correr en sentido contrario todo el Jardín de las delicias, como volar de la luna a la tierra, como morir para llegar a nacer. Las hormigas no paraban de moverse por su vientre olvidado. El corazón le latía desde fuera. Danger sentía ver su propia incapacidad desde el exterior, como una espectadora de sí misma.

Sentía como el caos se desorganizaba más y más, para enseñarle los pliegues del universo, el pasadizo secreto entre el edén y el abismo. En sus días todo era oscuridad y en las noches todo eran tinieblas.

Sus hijos le rondaban con cabezas y cuerpos que no eran suyos. Sofía había perdido su tinte de pantera y ganado el talco de un conejo albino doméstico. Ella era un pulpo, un enorme y baboso cefalópodo inútil para liberarse; sin mar, sin acuario, sin piscina. Todo era confuso. Todo daba vueltas. Todo se desprendía arrasado por una fuerza centrífuga sobrenatural. No había manos para asirse, piernas para agarrase, dientes para morder. No había leyes naturales, solo incertidumbre.

Wakamba Lee llegó a Stewartstown, un pequeño y hermoso pueblo de Nuevo Hampshire, lo más parecido a una colección de postales navideñas. El vuelo fue directo y en el aeropuerto le esperaba una mujer que, salvo por la estatura, le recordaba a su madre. Su percepción no era confiable. Cualquier cosa, ya fuera un bisonte o un venado, era susceptible de parecerse a su madre, a Danger o a Sofía, indistintamente. La mujer se inclinó para darle la bienvenida:

—Bienvenido a Stewartstown Mr...

—Wakamba.

—Mr. Wakamba, soy Amélia, tenga la amabilidad de acompañarme —dijo haciendo una especie de reverencia que el exótico visitante aceptó sin ofrecer resistencia.

«¡Mierda!, ¡mierda!, ¡mierda!, ¿por qué has tenido que joderla?». Todo está perdido; sangre en el suelo, en la pared, en el inodoro, en el aire; todo conspira para cambiar el blanco pulcro de los santos retretes de la policlínica. Karla, tienes que pensar rápido, no dejes que la sangre empañe tus reflejos; de lo contrario no tendrás ocasión para pensar despacio. «¿Cómo es posible?, ¿cómo sabías que era un hombre?, ¿por qué tuvo que desquiciarte la idea chupar el cipote a una mujer? ¿No ves lo que has provocado pedazo de cerdo mamalón?». Cualquiera puede entrar en el servicio. Cualquier cliente equipada con lencería de lujo podría pasar a retocarse los labios o a hacer pis y encontrarse a dos hombres: uno escupiendo sangre por el cuello y otro con pinta de señorita agarrando una verga agraciada. Sal de ahí antes de que el panorama le aguijonee sus hormonas y le impulse a beber de tu manguera. Será que no tomaste las suficientes precauciones, Mulet; aunque te cueste reconocerlo, no eres lo bastante cuidadoso con los detalles. A Wilson le echarán de menos en la consulta; en solo cuestión de minutos. Sus pacientes no tienen todo el día, ni la paciencia necesaria para aguantar más de tres minutos sin querer interponer una demanda.

Abriste la ventana y saliste corriendo al jardín, Karla. Las huellas de tus botas adornaron el suelo, luego el césped y hubieras seguido decorando de rojo la mañana sino fuera porque el instinto te ordenó quitártelas. Estas no eran falsas pisadas, Mulet, ¡eran tuyas! «¡Mierda!». No pierdas tiempo con lamentos. Así no resolverás nada. Intenta mirar, sin que te miren. Hay muchos ojos detrás de esas paredes. Corriste hasta tu carro en el *parking*. Abriste el maletero. Allí tenías bolsas, y cuerdas y palas. Tú siempre preparada. Los asesinos deben estar listos para todo, para enterrar y desenterrar, para bucear sin agua y volar sin aire, para salvarse muriendo de hambre, para esfumarse sin humo, para desaparecer sin dejar rastro. ¡Sin dejar rastro!, Karla. Esto es una chapuza. No pudiste evitarlo, ¿o sí? No tenías que matar al bueno de Wilson, pobres huérfanas, pobre viuda. Ni imaginas las deudas que heredan.

Te quitas toda la ropa y la metes en una bolsa de plástico. No es biodegradable, como las que usaste con Lulú; es una simple bolsa donde acumular la basura. Estás sucio, manchado, pringado. La sangre ni siquiera está seca, sino pegajosa; apesta a filete de cerdo barato. «¡Mierda!». Estás desnudo, no puedes seguir siendo Karla. No puedes seguir allí. No puedes regresar a tu apartamento. Ahora sabrán quién eres. Tirarán del hilo. Karla desaparece, Wilson muerto. Karla trabajó para ASM SECURITY SERVICES, Barry muerto, Sofía muerta, Eddy muerto, Marlon muerto. «¡Mierda!». ¡Vaya chapuza! Tienes que desaparecer lejos, bien lejos. Antes de que vengan por ti, Mulet. Igual ya están en camino, y no te has enterado.

Tom debía hablar con los yanquis, aunque no tuviera el teléfono de ningún yanqui. Nadie respondía al teléfono de Danger. Después de tres intentos y un hondo sentimiento de derrota, Alina les sorprendió con un listado que apenas ocupaba media página.

–Estos son los teléfonos, con los nombres de sus propietarios, que más llamaban a Danger, con los que más contacto tenía.

–Gracias Alina –dijo como si hablara con el papel–. Este, Martín, es uno de sus amigos; Danger nos ha hablado de él.

Hola Martín, soy Tom, compañero y amigo de Danger de Cuba. Tenemos que hablar. Por favor llámame por aquí.

Escribió y a continuación pulsó sobre el dibujo de la tecla Enter, para enviarlo. Después pensó que, igual que Alina podía llegar hasta una cocina cualquiera en USA, la Seguridad del Estado podría hacer algo parecido; pero debía arriesgarse y él no era sospechoso de nada. Él era el Jefe de la Brigada 10. Un minuto más tarde recibió la llamada de Martín. La conversación podía ser muy tensa, pero no más breve.

–Hola.

–Hola, ¿Martín?

–Si, soy Martín. Hola Tom.

–Martín, primero: ¿cómo está Danger? ¿Qué ha pasado? –quizá en la respuesta de Martín estaba la prueba de confianza que necesitaban.

–Tom, esta conversación no es segura. Instálate Signal. En cinco minutos te llamo por esa vía.

–Ok, en cinco minutos hablamos.

Así fue. Alina asintió con la cabeza, instaló Signal, y en menos de cinco minutos Martín estableció una llamada cifrada de extremo a extremo.

–Eddy está bien, Danger no, pero... siento tener que comunicártelo así: sospechamos que Mulet asesinó a Sofía y al pequeño Marlon –A Tom le dio un vuelco el estómago. ¿Cómo es posible que un, otrora jefe de un departamento de la policía pueda hacer eso? ¿Cómo es posible que alguien sea capaz de semejante cosa? ¿Por qué? Su cara cambió de tal manera que alarmó a English y a Alina. Evitó como pudo su consternación–. Danger está ingresada en un psiquiátrico.

–¿Eddy está con ella?

–No, Eddy está a salvo. Nadie, excepto nosotros y ahora ustedes, sabe que está vivo. Mulet no puede saberlo –no necesitaba mayor prueba. Los policías, amigos de policías, están por encima de la policía–. Nadie debe saberlo.

–Martín, tenemos mucha información de Mulet que deberían tener ustedes. Tenemos que enviársela para que puedan detenerle.

–Ok –dijo Martín–, te enviaré ahora mismo un enlace y puerto ftp privado y una contraseña segura. Nos hacen un enorme favor. ¡Gracias! –celebró–. Seguimos en contacto.

–Seguimos en contacto.

Cuando colgó, English estaba desesperado.

–¿Qué pasó Tom? ¿Qué pasó? –repetía, como si en esa repetición espantara su mal augurio.

–Han asesinado a Sofía y al pequeño Marlon. Danger está ingresada en un hospital psiquiátrico –English se llevó las manos a la cabeza. Alina se contrajo todo lo que pudo. Tom se desplomó en su silla. Eso explicaba todo. Nadie preguntó quién pudo hacerlo. Danger había caído en la trampa. Ahora debían apurarse en enviar todo lo que sirviera, todo lo que tenían, para que Mulet pagara lo que debía, con creces.

Después de varios meses fuera de la realidad, Danger recuperó ciertos comportamientos humanos. Ya no era necesaria la camisa de fuerza, ni el bozal. No era ella. Danger desconocía la docilidad, era más bien alguien parecido que comenzaba a aceptar, de alguna manera, un orden diferente de cosas. Nadie sabía, ningún especialista, hasta dónde, ni hasta cuándo, pero parecía "progresar" o, al menos, parecía escapar de una especie de estado de "estancamiento".

Un día pidió pintar. Dijo que "necesitaba pintar" con la vista clavada en ninguna parte. Todos temieron que convirtiera un pincel en una flecha envenenada o en una lanza de fuego; que solo fuera una treta para matarlos y escapar o suicidarse. El equipo de psiquiatría se reunió y decidieron evaluarla. En efecto, algo había cambiado. No era mucho, pero sí lo suficiente para albergar cierta esperanza. El contacto visual, oral y corporal era deficiente, pero había contacto. El bulto de carne y huesos empezaba a erguirse. No podía "razonar", más allá de lo básico, pero sí reaccionar a determinados estímulos. No parecía peligrosa, más bien sugería un guiñapo humano, inservible, roto, descontinuado. Una de esas muñecas con la que ninguna niña querría jugar.

Accedieron a someterle a cierta terapia alternativa a través del arte. Le suministraron pinturas en unos pequeños cuencos orgánicos incapaces de cortar o penetrar o lacerar y debía utilizar para pintar, en esa primera fase, los dedos; solo la yema de los dedos. Danger lo aceptó con disciplina y resignación; como si comprendiese la desconfianza, como si ella misma lo prefiriera. Ella solo quería pintar, así que lo agradeció. Hasta los bordes del papel estaban romos.

Nunca había pintado. Jamás. Ni siquiera cuando estudió medicina forense era capaz de dibujar una forma humana medianamente reconocible. Si lo hubieran sabido, lo habrían prohibido; pero ni se lo cuestionaron. Lo primero que hace un niño es pintar. La capacidad de simbolizar es algo que diferencia a los humanos de los animales. Se lo permitieron y, a pesar de su inexperiencia, al pintar sintió cierta liberación primitiva. Fue como si intuyera que eso desconocido le haría bien, como un animal que come una hierba extraña para curarse de un envenenamiento. Pintaba en aquellos "lienzos" grandes improvisados de papel y también sobre su cuerpo y sobre su cara. Se decoraba como si fuesen tatuajes guerreros olvidados, perecederos, frágiles. Los dibujos de Danger eran una especie de garabatos en el que escribía sus cartas sin noticias, ni destinatarios. Eran líneas en principio sin orden, ni sentido, que fueron estructurándose en cosas reconocibles, con cierto significado. Los médicos no lo pasaron por alto.

Ella no lo dijo, pero dejó de verse a sí misma como si estuviera fuera de sí misma. Volvió el silencio. Las criaturas dejaron de chillar y maldecir y escupir y morder. La habitación se detuvo, la cama también (lo que estaba abajo dejó de estar arriba y viceversa). El pulpo desapareció y, lo más importante, la serpiente y los dragones regresaron. Su vientre volvió a ser vientre.

Sus dedos abandonaban el cuerpo y la cara para fantasear sobre papel. Los garabatos tomaban forma, de animales, de mensajes, de significantes. Nunca fue de muchas palabras, pero en eso también hubo cierta evolución. Le dieron su primera oportunidad y la aprovechó. Usó el pincel para lo que fue concebido, como es debido, con delicadeza. La que agredió a aquella enfermera no era ella. Eso estaba claro. Lo que les preocupaba a los facultativos era cuándo volvería a ser ella, cuando regresaría del todo. Eso parecía aclararse.

El joven Wakamba podía cruzar Stewartstown corriendo y, sin mucho esfuerzo, llegar a Canadá. Solo una cresta de tres mil pies separa Nuevo Hampshire de Quebec. Es un lugar extraño con pantanos nada parecidos a los Everglades y poca presencia humana. Wakamba Lee vive con esa especie de supervisora que le recogió en el aeropuerto y sus dos hijos; uno un par de años mayor que él y otro un poco más pequeño. No fingen ser sus hermanos, pero se llevan bien. Todos traen heridas de guerra recientes. No lo hablan, pero no por ello desaparecen. El psicólogo les ha aconsejado algunas actividades prácticas colaborativas, pero ellos tienen sus propios juegos para olvidar lo que son. Los hijos de Amélia le enseñan malas palabras en francés y él en español, a pescar y cazar en el bosque y él a tocar la guitarra; pero, sobre todo, aprenden a olvidar.

Ha hecho algunos amigos e incluso tiene algunas admiradoras rendidas a los pies de su Frankenstrat. Pasean a cualquier hora por las calles desiertas de la ciudad o por los caminos del monte a la luz de la luna. Aprende Jockey sobre hielo natural; le han dicho que posee unas cualidades excepcionales. Salen, ven películas y hacen todas las cosas que suelen hacer los de su edad en un lugar más bello y natural que lo que muestran las postales de turismo.

Los chicos del MDPD no le pierden de vista y mantienen su esperanza. Su exilio no durará para siempre. Él está convencido. Solo es necesario que su madre vuelva.

Cogiste el coche y saliste hacia otro Georgia, Mulet. No podrías regresar a Miami en mucho tiempo. Fue una especie de auto deportación, imprescindible para salvar tu trasero. Tienes que decidir si volver a ser hombre o mujer y quién. Has agotado ya dos identidades. Tendrás que solucionarlo. Has llegado a un nivel del juego en el que escasean las vidas, los obstáculos son pentadimensionales y el tiempo salta de dos en dos. Tú conocías la presión Mulet, pero no la híperpresión. Si quieres seguir con vida tendrás que acostumbrarte, a aprender aprendiendo, a pasar por debajo de una puerta, por el agujero de un candado, por el estrecho tubo de la chimenea de los crematorios. Bienvenido a tu infierno Mulet.

Los federales bloquearán todas las tarjetas de crédito de Karla; dondequiera que saques dinero te ubicarán. Tienes que pensar rápido. Sabes donde meterte. Conoces los lugares peligrosos donde se esconde la gente peligrosa. Pero no son de confiar. A la primera te venderán, si no te matan antes. Tú eras de los otros, no de los de ellos. Esos detalles se escriben en las piedras. Conduces sin ropa y manchado de sangre. Tu mente se ilumina. ¡Eh! Atención. El ingenio en condiciones de híperpresión se licua. No flujo como un líquido, tienes que atraparlo antes de que se evapore. Sabes dónde ir, Mulet; donde estar a salvo (al menos hasta que tengas un plan mejor).

Hay una base militar de misiles abandonada, en la reserva natural de Crocodile Lake, en Cayo Largo, en el extremo sur de Florida.

Aparcas en la primera gasolinera apartada que encuentras a tu derecha y repites lo que han hecho miles de delincuentes antes que tú. Eliges desde la oscuridad de tu asiento a una víctima con una estatura y peso similar. Eso lleva tiempo y exige tu máxima atención. Le aporreas sin que se percate siquiera de tu presencia. Le golpeas hasta que pierde el conocimiento; por suerte no le matas, es difícil calcular la dosis justa de la inconsciencia. Lo colocas en tu coche, le quitas la ropa y te vas en el suyo. ¡Qué suerte, Karla! No es el coche del año, pero es más cómodo que el utilitario que abandonas. No tienes identidad. Tardarán en encontrarlo, quizá tengas medio día de ventaja. Para entonces ya estarás en algún búnker.

Hace poco han encontrado allí cuatro pitones birmanas, una de ellas de dieciséis metros de largo. Lo viste en el canal 10. Eso la hace algo más segura. Habrá pocos intrusos. Solo algún cazador del programa de Kirkland. Piensas llegar hasta allí, es tu prioridad número uno, y dormir oculto en el coche, en el búnker y en la noche. Tú eres una sabandija, sabes cómo sobrevivir. Sintonizaste la radio. El crimen del Doctor Wilson, supuestamente en manos de una empleada de un servicio de seguridad, era noticia en todas las estaciones. Los más sensacionalistas especulaban conque fuera su amante. Ninguno hablaba de tu rastro, ni de tu verga. Tú conoces la policía mejor que nadie. Sabes que hay cosas que no se dicen, que no se pueden decir. Tienes que leer entre líneas, pero las líneas son planas. No hay nada urgente de lo que preocuparse; solo de llegar hasta allí, donde las pitones, y borrar cualquier rastro de Karla. Solo de eso.

–¿Ahora qué? –preguntó English.

–¿Ahora qué, de qué? –respondió Tom con su pregunta.

–Pues... ¿ahora qué hacemos? –y no se refería a que no tuvieran nada que hacer. A la policía nunca le falta trabajo. Habían desmantelado todo lo que suponía un peligro de esa estructura de la pirámide delincuencial donde operaba Mayito. Habían recibido felicitaciones. English se refería a Danger, sin dudas. English quería hacer algo por Danger–. ¿Has sabido de ella?

–Las últimas noticias son que está mejorando.

–Eso fue lo mismo que me dijiste hace una semana.

–Pues, ha mejorado más.

–Pero sigue encerrada.

–Hasta que no se aseguren que no supone un peligro, no la soltarán. Ya sabes que la peor víctima de Danger, puede ser ella misma.

English se rasgo el cogote mientras se movía por la oficina. Habían terminado su reunión habitual y allí estaban: Tom ordenando papeles, Alina leyendo ensimismada y English mariposeando. Esa era la distribución ocupacional ordinaria del estado ocioso del grupo. Alina siempre leyendo, Tom siempre ordenando, English siempre merodeando.

–Del hijo de puta nada, ¿no?

–Por ahora poco, pero andan detrás suyo. Ahora saben más. Saben que se hizo pasar por una mujer: Karla Loraigne. Al parecer mató a un médico y se escapó.

–Pero saben cómo rastrearlo no.

–Saben, pero no pueden. El teléfono los llevó directamente a una gasolinera donde le robó el coche y la ropa a un tipo; pero lo dejó allí. Ese hombre es una serpiente.

–Alina, ¿tú no dices nada? –preguntó English. Ella lo miró y sonrió. Parecía un sinónimo de: *No, gracias*, pero respondió.

–Si estuviéramos allí...

–¡En el yuma! –Alina asintió.

Saben que ellos tienen una probabilidad cercana a cero de que eso ocurra. Saben que ella tiene una probabilidad cerca a la mitad de que eso ocurra. Alina tiene doble nacionalidad, puede salir del país si el Ministerio del Interior le autoriza; lo cual es más o menos equivalente a lanzar una moneda al aire porque ambos estados son igualmente probables. Saben que no puede viajar directamente a Estados Unidos. No le autorizarían con toda seguridad, ni de un lado, ni del otro; pero si podría llegar perfectamente a través de un tercer país con su pasaporte español porque ella, en rigor, es española. Eso es más difícil de evitar, si nadie conociera el propósito de su misión. Quien sabe encontrar, sabe perderse. No tendría ni que pedir visa, ni que soportar esperas humillantes y degradantes. Alina no es una ciudadana de segunda, gracias a su nacionalidad foránea; gracias a la contención de la exaltación revolucionaria de sus padres en el momento de decidir su nacionalidad. Pero saben, todos saben mejor que nadie, que un plan de esa naturaleza es jugar con fuego en una refinería. Es ponerse entre dos fuegos. Saben que no es buena idea, pero que puede ser la única idea, a pesar del fuego, y eso quedó dando vueltas en todas las cabezas.

Danger parecía recuperar la normalidad. Dejó los garabatos y empezó con formas y terminó haciendo un impactante dibujo en el cual, sobre una mujer blanca acostada con las piernas hacia arriba, se sentaba una mujer negra con las piernas hacia abajo, sobre la cual se acostaba un niño blanco con las piernas hacia arriba, sobre el cual se sentaba un niño negro con las piernas hacia abajo. Las piernas de las figuras sentadas pasaban por el cuello de las figuras acostadas. Las piernas de las figuras acostadas servían de respaldo a las figuras sentadas. Era un hermoso dibujo que recordaba a Escher. Lo tituló "El milagro".

La estética de las enfermedades mentales es tan extraña y siniestra como acogedora. La mirada de los que no miran frente a la mirada de los que miran más allá de lo que se ve. La locura del desvalido que mira hacia dentro frente a la locura del genio que mira desde fuera. Hay que estar medio loco para vivir medio bien, dice la sabiduría popular. El problema es el escurridizo límite entre la virtud y el desperfecto, la melancolía y la angustia, la belleza y la fealdad, lo normal y lo anormal, la genialidad y la locura, el huevo o la gallina. La desviación a un lado o al otro. La locura es la fiebre de las brujas. La moralidad es un viejo termómetro. El estigma es el sobaco elegido.

La acción estética proyecta la mirada del que no mira, a la vez devuelve la mirada. La terapia se basa en este simple mecanismo de acción y reacción en espiral, en este viaje huevo-gallina de liberación psíquica. Las capacidades excepcionales de Danger, en este proceso de refinamiento y liberación, se fueron agotando alrededor de la media hasta reducir la desviación entre ambos lados del péndulo a valores aceptables; donde sería muy poco probable que intentase cortar el cuello con un bolígrafo a otra persona; donde distinguiera con cierta dignidad la frontera entre el más allá y el más acá; donde se comportara según las mismas normas éticas estándares que se comportaban sus terapeutas. En definitiva, el "tratamiento" que comenzó por una manifestación espontánea de la paciente, no tenía otro propósito que devolverle a algún tipo de normalidad descrito en los catálogos de psicología patológica.

Su conversación mejoró y, aunque por el efecto de la medicación, se mostraba lenta; parecía haber recuperado el juicio que alguna vez tuvo. No escuchaba voces. No ocurría nada paranormal en su piel. No veía alucinaciones. Todo parecía recuperado. Suzie y Martín se presentaron. Los reconoció. Los abrazó. Hablaron y, con la complicidad de los médicos, se enteró que Eddy Carmelo vivía, que estaba fuera de peligro bajo un programa de protección de testigos con el curioso nombre, elegido por él, de Wakamba Lee.

No hubo más trauma. Se emocionó hasta el punto de emocionar a todos. Lloró de felicidad. No todo estaba perdido. Tenía un motivo por el que salir de allí. Aquel día era como el de su nacimiento. La trasladaron a otra sala, poco a poco levantaron cada una de las protecciones y restricciones que le quedaban, e incluso le permitían sendos paseos por un jardín, siempre interior al edificio y siempre a solas. No por ella, sino por cualquiera que pudiera estar espiando.

Tiempo después, limpia de toda pastilla, pudo hablar con Eddy. En realidad, habló más Eddy Carmelo Wakamba Lee, que ella. Le habló de sus amigos, de las cosas que había aprendido y de cuanto la echaba de menos. Ella se limitó a disfrutar de su hijo. Ella no tenía nada que contar, solo los días que faltaban para reunirse.

Las pitones habían prosperado en el humedal de los Everglades y podían triunfar en los cayos con la misma facilidad. Eso era muy peligroso. Las pitones habían devorado hasta caimanes; los de Conservación de la Fauna y la Pesca (FWC) de Florida empezaban a tomarse muy en serio la erradicación de las serpientes en los cayos. Podías encontrarlos por allí. Andaban cerca. Podrían ir armados, pero tú, Mulet, no les temías. Unos conservacionistas o unos investigadores no suponen el más mínimo peligro en el campo de acción para alguien con tu currículum.

Llegaste allí muy tarde y muy cansado. Era difícil llegar, mucho más sin GPS. Te costó, pero tienes olfato y lo conocías de antaño, vieja alimaña. Parqueaste en una especie de zona de carga cubierta por hojas secas, apagaste el coche y te rendiste. A la luz del día siguiente, ya verías qué hacer. Apenas dormiste. Los ruidos del abandono son terroríficos; parece que gritan por los muertos. Pero tú no escuchas. Agarraste un enorme cuchillo en una mano y una pistola en la otra y te rendiste.

El día amaneció como en la isla azul, excepto que solo estabas tú en medio de aquel abandono. Exploraste el terreno. Por una parte, ciénaga, por otra mar. Te limpiaste bien toda la sangre tatuada en tu cuerpo. No fue fácil. Buscaste dónde ocultar el coche lejos de la zona; lo suficientemente lejos para escapar, lo suficientemente cerca para vigilar. Como un buen náufrago encontraste refugio. Arrastraste el coche hasta una zona baja y lo cubriste con hojas, ramas grandes y restos de maleza. El color beige del coche te ayudó a desaparecerlo. Solo un huracán podía estropear tu plan de camuflaje improvisado.

Para ti fue mucho más fácil. Allí había un búnker oscuro y hostil enterrado en el suelo, pero, no muy lejos, casas destruidas por el huracán, abandonadas. Era mucho más simple y seguro ocupar algunas de esas, en su momento, espléndidas viviendas. Allí tenías hasta televisor y aire acondicionado gratis. Solo necesitabas llamar lo menos posible la atención y estar alerta, muy prevenido, para que una posible excursión improvisada de sus legítimos propietarios no te sorprendiera. El intruso eras tú, Mulet.

En los noticiarios pudiste ver todo lo que ya habías escuchado de ti por la radio; empezaban a especular con la idea de que fuera la mismísima Karla la responsable del asesinato de Barry, Sofía, Eddy y Marlon. Ni rastro de Danger. Pusiste mucha atención, pero nada; ni siquiera la mencionaron. Ni a Danger, ni a ti Mulet, solo a Karla.

Decidiste dejarte crecer la barba y buscar una nueva víctima a la que suplantar la identidad. Allí, mientras no apareciera algún entrometido, estabas a salvo. En breve te confundirían con algún turista llegado de cualquier parte, con cualquier nombre, con cualquier profesión.

Martín dio las buenas noticias a Tom, English y Alina. Eran más que buenas noticias. Se había recuperado.

–Bicho malo nunca muere –dijo English–, pero no le digas que lo he dicho yo, por favor.

Lo festejaron. Por fin había algo que festejar. *Bicho malo nunca olvida*, podía haber dicho; pero era tan inconveniente como innecesario. Todos sabían "qué", lo que no sabían era "cuándo". Un día Tom recibió una llamada de Martín, pero era Danger. Otra Danger algo desconocida, con una voz más grave y viscosa, con unos cuantos grados menos de peligrosidad y unos más de cariño. No les engañaba. No aguantaría mucho tiempo tan modosa, disciplinada y correcta. Lo sabían. *¿Te acuerdas de mí?*, le preguntó Alina en su turno de saludos. *¡Cómo no me voy a acordar! La rarita de la clase. Cuánto me alegro de que cuides de mis chicos*, le dijo. Estaba claro, que aún no estaba bien del todo. *¡Sus chicos!*; aunque nunca estuviese bien del todo, sin dudas iba camino de volver a ser la de siempre.

Hablaron bastante tiempo. Ya no le cansaba hablar. Los echaba de menos. Había pasado mucho tiempo, más de un año, desde que se desmayó en Washington; parecía que su última conversación hubiera sido en menos de un día. Se había perdido un año de todo. *Ojalá pudiera abrazarlos*, dijo. Nadie respondió. Todos querrían lo mismo y estaban casi seguros de que, con una probabilidad de 0.96, Alina lo haría.

¿Cómo poder ayudarla ahora? Era la gran pregunta. Mulet había desaparecido y nadie podía estimar, con una precisión medio decente, en qué se reencarnaría. Ni que fuera un súper héroe. Danger encontró a Mimi, donde menos se le esperaba. A veces coincides con personas distantes y lejanas en los lugares más insospechados. El mundo es pequeño, pero no es eso; se trata de que, al igual que es más probable que un número empiece por 1 que por 7, los lugares menos esperados se repiten más que el resto, tienen mayor probabilidad. Alina sospechaba que Mulet seguía en Florida, donde más riesgo había de detenerle, menos se sospechaba de su presencia.

Ella trabajaba sobre la hipótesis de los seis grados de libertad para acercársele, todo lo lejos que puede estar una persona de otra. El único problema, era que no se trataba de una persona, sino de un psicópata, un cazador, un camaleón. Podría estar cerca de mucha gente, de las que necesite para salirse con la suya, pero detrás de una falsa identidad. La pregunta era ¿a quién podría necesitar en ese momento? Seguramente terminó en el Boca Center For Health para acercarse a Danger. Sabía que estaba hospitalizada. Lo que ni siquiera imaginó fue que, para encontrarla, solo tenía que cruzar Meadows Rd. El lugar más inverosímil, resultó el más probable. Ha pasado tiempo suficiente. Quizá ahora explore otra hipótesis. Danger podía seguir loca; hay quien no se recupera jamás de esos traumas; podía haberse curado y estar en la calle. ¿Qué haría? ¿Volvería a lo suyo, a lo que sabe hacer? ¿Haría otra cosa, cualquier cosa, para despistarle? Mulet no podría saberlo. Tendría que averiguarlo.

Alina solo pensaba en eso, en cómo intentar averiguarlo. Sabía de sobra que, una vez Danger pusiera un pie en la calle, lo buscaría. Sería la forma más simple de encontrarle, y la más peligrosa; ella llevaría ventaja. La otra manera es que intentara relacionarse con gente que pudiera estar relacionada con Danger; gente que no conociera sus intenciones; gente insobornable.

Buscar a un egocéntrico no es simple; hay demasiado egocéntrico en un país donde tener más que el resto supone un privilegio, donde muchos solo aspiran a ser un *influencer*. Mulet es inmune a las emociones, es mentiroso y manipulador, tanto como inteligente, con sobradas competencias profesionales y académicas. Mulet tiene capacidad para controlar sus impulsos y matar solo cuando quiere y a quien quiere. Rara vez actúan por impulso. Cualquiera pensaría que es normal, hasta encantador. Alina intentaba pensar como él, todos los días, a todas horas, entre libro y libro, entre el anochecer y el amanecer. Solo así podría ayudar a Danger.

Por fin llegó el día. Disfrazaron a Danger con otra identidad y emprendió un viaje similar al que hizo Eddy. Por fin llegó a algo sinónimo de "casa". Wakamba no le esperaba en el aeropuerto. Por unos minutos, no podían poner en peligro un plan que había funcionado tan bien. Lo vio al cruzar el umbral de ese recinto al que debería llamar "casa". Estaba hecho un hombre, un hombre hecho y derecho. ¡Qué grande! ¡Cómo había crecido! ¡Qué fuerte! ¡Qué hermoso! Tenían mucho que recuperar. Por primera vez, en mucho tiempo, Danger se sintió afortunada.

Costó ponerse al día. Eddy tenía muchas anécdotas que contar, Danger ninguna. Le agradeció que eligiera ese nombre. Sabía de sobra el motivo. Por el Lee ni preguntó, suponía que era una marca de ropa vaquera que nunca nadie de la familia gastó o quizá el apellido del más famoso artista marcial. Eddy se culpó de no ponerlos a salvo en cuanto pudo; es lo que haría cualquiera que pierde a quien quiere, aunque sea tan pequeño, aunque sea un adolescente. Danger se sentía aún más responsable. Fue estúpida, impulsiva, soberbia. Mulet le tendió una trampa y ella pecó, cayó como una aficionada. No se lo perdonaría en la vida, a pesar de los miles de terapias, a pesar de que nadie le culpe. Abrazados en la culpa tenían que perdonarse si querían salir adelante. Y eso hacían. No había otra puerta, ni túnel, ni atajo.

Empezaba el otoño. La casa era enorme y Danger se habituó a sus rutinas, agradecida por la acogida y por el trato con Eddy. Salían a pasear por aquellos bosques infinitos, pescaban en el agua gélida. Danger empezó a correr, cada vez más tiempo, cada vez más lejos, cada vez más rápido; empezó a hacer piragüismo en un pequeño club de la otra orilla; empezó a rehabilitar cada parte de su cuerpo para que estuviera a tono con cada una de sus neuronas.

Cuando llegó el invierno no paró. En lo que su joven guerrero iba a clases, ella seguía a rajatabla sus ejercicios de respiración y de asalto y en sus ratos de ocio, pintaba y leía. Sabía que la casa estaba protegida a prueba de bomba. Se lo explicó Amélia con detenimiento. Tenían protocolos que seguir. Ella no era una testigo protegida, sino una agente protegida; de esas que a veces son necesario "quemar". Tenían contacto directo e inmediato con la policía de Estados Unidos y de Canadá, tenían sensores de movimiento en varios perímetros a la redonda, cámaras de vigilancia, y un largo etcétera de medidas de seguridad que hacía imposible llegar hasta ellos y, por si todo fallaba, tenían un búnker debajo preparado para sobrevivir varios meses. No había nada, absolutamente nada de qué preocuparse. Solo debían seguir las normas que alguien había diseñado para protegerles. Al final de ese año estaba completamente en forma; lista para sumergirse en el hielo, perderse en la jungla y enterrarse bajo el mangle.

En tres semanas estuviste listo, Mulet, con barba abundante y espesa. Entre las casas abandonadas por el temporal tenías todo lo que necesitabas para sobrevivir y más, muchísimo más. En fin de año, a pesar del buen tiempo, los propietarios apenas se acercan. No sentías peligro. Te hiciste un corte de pelo en plan surfista, te lo decoloraste un poco con productos que encontraste en "tus" baños y con una bermuda de flores, una camiseta y unas preciosas gafas Cartier te acercaste a la zona de turistas en moto. Todo a tu alcance Mulet. Los temporales facilitaron tu avituallamiento como si los hubieras encargado por Amazon.

Nadie sospechó de ti. En los cayos vive poca gente y los turistas nunca se conocen entre sí. Fue sencillo. Te hiciste pasar por un escritor que había perdido el equipaje con todas sus pertenencias, incluido su ordenador. Le caíste bien a todos, Mulet. En un bar te dejaron un portátil prestado y el acceso a Internet. Les prometiste poner su nombre en tu libro: Sloppy Joe's Bar. El protagonista era un detective fracasado. Quién sabe la cantidad de cócteles Margarita que bebiste gratis mientras buscabas a quién robarle la identidad. Y no se trataba de hacerlo tú, se trataba de comprarla. Una sola tienda vendía 60 000 identidades digitales robadas por valor entre 5 y 200 dólares. ¡Una sola! Tenías mucho que investigar, por eso pasabas allí tanto tiempo y comías y fingías escribir. Incluso encontraste una tienda que vendía clones digitales de usuarios, con toda la información necesaria para hacer fraudes y robos de identidad. Internet ha subido el listón de dificultad a la policía, Mulet. Ahora hay que saber *data mining, machine learning, criptography* y quien sabe cuántas cosas más, cada una más compleja que el resto.

Conseguiste en Genesis una doppelgänger digital. Esto es lo máximo de la ciberdelincuencia, Mulet. No se trata solo una identidad, sino de su comportamiento completo en línea. Por fin encontraste tu hermano gemelo. Un usuario real, gracias al cual ya no tendrías que seguir escondiéndote. No te harías rico, pero por solo 100 dólares, tenías todas las contraseñas de sus cuentas, fotos personales, documentos confidenciales y comprometedores con los que chantajearlo, en fin, una estupenda inversión Mulet porque todo el mundo siempre tiene algo que ocultar; algunos más que otros.

Los medios habían olvidado a Wilson y también a Barry, hay demasiados Wilson y Barry compitiendo por sus quince minutos de fama. Tú no olvidaste a Danger. Te quedarías allí en los cayos hasta que tuvieras el menor indicio de su existencia; aunque fuera de su defunción o desahucio. Tenías casa, moto, coche, bar; nada era tuyo, pero todo te pertenecía. Todo estaba bajo control. Eso pensabas mientras el dueño te traía tu sándwich Sloppy Joe y tú sonreías y él imaginaba un futuro para su prometedor negocio.

Mulet solo saldría de su madriguera si le engañaban. Alina no tenía la más mínima duda. Sabía que esperaba su oportunidad, como hacen los grandes carroñeros. Solo darían con él por casualidad o si le provocaban lo suficiente, lo mínimo, para conseguir engañarle. Le había dado muchas vueltas y cada una, como si de una espiral se tratase, le llevaba al mismo punto.

Se lo comentó a Tom y a English, en su tono habitual:

–Se cómo trincarlo –y ellos, que ya dominaban sus cruces lingüísticos peninsulares e isleños lo entendieron a la perfección. Si lo decía, era porque ya lo había calculado con esas ecuaciones que ninguno conocía de nada.

–¿Los seis grados de separación? –preguntó English.

–No, eso no va a funcionar. No tiene familia. No tiene amigos. He estado analizando su "huella" y no hay nada que merezca la pena. Todos los contactos del teléfono, que abandonó en Boca Center, eran de empresas de seguridad, servicios, tiendas. Nada personal. Ningún número más frecuente que otro. Lo único que tuvo valioso ese teléfono fue la posición; nada más.

–Entonces...

–Hay que tenderle una trampa.

–No podemos hacer eso, Alina –fue la simple y llana respuesta de su Jefe; pero ella lo sabía. Aunque hubiera aceptado el trato de Tom y ahora fuese la Jefa, no podría hacerlo.

–Bueno, lo voy a explicar de otra manera. Supongan que se difunde un rumor a través de los redes sociales y quizá también, a través de algún periódico como el Miami Herald, El Nuevo Herald o el Diario de las Américas –según los mencionaba, la sensación de gestar en una conspiración aumentaba y una incómoda presión cortaba la respiración de cada uno; estaba claro que Alina no lo veía así, pero podía sentir la misma asfixia provocada por esa mano invisible que les daba de comer–; un simple rumor como: *Fuentes De la Cruz Roja aseguran que la detective privada Danger, bla bla bla, se encuentra recuperada en Cuba*, podría quedar ahí o supongan que quizá ese rumor u otro, añada algo de leña ideológica acerca de la voluntariedad de su repatriación; algo a medias entre quedar desamparada o ser una agente –Tom y English la miraban con mirada de locos; demasiado riesgo para Danger y para ellos–. Podíamos hasta difundir una foto falsa de los cuatro encantados de la vida. A Mulet ya no le quedan contactos aquí. Lo hemos desarmado. No le quedará otra que venir y ahí... le estaremos esperando.

Era un relato plausible; demasiado loco, pero era una posibilidad que debían consultar con Danger y el MDPD. Ellos tendrían una oportunidad para cogerlo en su salida. Si el plan tenía éxito bien podían limpiar su imagen culpando a Cuba de crear una patraña engañosa para atraparle. No quedarían demasiado bien, pero tampoco muy mal. Todo esto, bajo el supuesto de que Cuba le entregase vivo a las autoridades competentes para que sea juzgado. Si no fuera así, se podría generar un problema de Estado porque el asesino Mulet, en búsqueda y captura por los federales, la policía y la Interpol, era ciudadano americano. También podían comunicarse con la Interpol y actuar en combinación. No, era una pésima idea.

–¿Y el plan B?

–El plan B es que me pida unas vacaciones para ver a mi familia en Madrid.

El programa de protección de testigos no es obligatorio, aunque sí muy recomendable. Cuando es el propio programa el que abandona al testigo, el acto se convierte en un escándalo. Cuando son los testigos los que deciden, voluntariamente, ocuparse de su seguridad, es una temeridad.

A principios de año, con muchos grados bajo cero, Danger anunció su abandono del programa y regreso definitivo a Miami. Su justificación fue sencilla. Mulet estaba desaparecido, quizá muerto, y ella estaba en forma, completamente nueva. Necesitaba recuperar su vida. Abandonarían Stewartstown en el más estricto silencio y volverían a Boca Ratón de manera clandestina. Nadie podía disuadirla. Estaba en su derecho.

Juró y perjuró a Suzie, John, Martín, Luther y Michael, por respeto a su amistad, que no haría ninguna locura. Ellos mismos podrían comprobarlo en persona. La casa era un búnker: cristales blindados, cámaras de vigilancia, sensores de movimiento; excepto por la ausencia del refugio soterrado, no tenía nada que envidiar a la casa de protección en Stewartstown. Se trasladarían en secreto y vivirían como si no lo hicieran. Aceptaba la oferta de trabajar solo para el MDPD, lo que le permitiría seguir encubierta y encerrada entre sus cuatro paredes.

Mantendrían la nueva identidad. Eddy cambiaría de colegio, había muchos cercanos. No veía problema. Si viéndose todos los días, los residentes en Boca Ratón, ni siquiera conocían a sus vecinos; con una ausencia de más de un año, sin duda pasarían como simples desconocidos o pobres desdichados que ocupaban una casa embrujada. Eddy había cambiado mucho su aspecto físico. Estaba alto y ancho, cargaba unas espaldas irreconocibles. La voz le cambió, la cara, la expresión. No era él, era Wakamba Lee.

La noticia no les sorprendió. Martín, de hecho, apostó que no pasaría de las navidades. Perdió por poco. No podían disuadirle. No podían obligarle. Solo podían vigilarle, aún en contra de su voluntad, aún a sus espaldas, aún por su bien y el de Eddy. Todos le conocían.

Hicieron las maletas y se despidieron de la entrañable Amélia y de sus hijos. Habían jugado a ser una extraña familia unida por circunstancias extremas. Aunque prometieran todo lo contrario, estaban condenado a olvidarse; cuanto antes mejor. Les acompañaron al aeropuerto y dijeron adiós entre lágrimas sinceras, quién sabe cuánto tiempo podrían sobrevivir.

Una vez acomodados dentro, Danger sacó su tablet y le comentó a Eddy:

—Se por qué elegiste Wakamba. Nos hicimos esa foto cuando nos conocimos. Fue allí donde empezó todo. Era solo un lugar donde vendían comida italiana, ¡mira tú qué cosas! Pero, a pesar de que las pizzas y los espaguetis, estaban malísimos, era un lugar especial, muy especial, el lugar más especial de toda La Rampa, de toda La Habana, porque fue allí donde empezó todo —Eddy agarraba su mano mientras hablaba. Danger fue especial, fue la única amiga que tuvo de verdad en el mundo, después de perder a su padre—. He buscado en Internet el significado de Wakamba y mira que historia más bonita encontré:

»Al principio, Mulungu creó un hombre y una mujer. Esta era la pareja del cielo y procedió a colocarlos en una roca en Nzaui donde se pueden ver sus huellas, incluidas las de su ganado. hasta el día de hoy. Mulungu provocó una gran lluvia. De los muchos hormigueros alrededor, salieron un hombre y una mujer. Estos fueron los iniciadores del "clan de los espíritus", el Aimo. Sucedió que la pareja del cielo solo tenía hijos mientras que la pareja del hormiguero solo tenía hijas. Naturalmente, la pareja del cielo pagó la dote por las hijas del matrimonio del hormiguero. La familia y su ganado aumentaron mucho en número. Con esta prosperidad, se olvidaron de agradecer a su creador. Mulungu los castigó con una gran hambruna. Esto llevó a la dispersión cuando la familia se dispersó en busca de comida. Algunos se convirtieron en los Kikuyu, otros en los Meru mientras que algunos permanecieron como el pueblo original, los Akamba.

»Nosotros no somos Kikuyus, ni Merus, somos Akambas, somos resistentes, valientes, guerreros. Tenemos que regresar y acabar con ese cabrón que nos arrebató a la familia. ¿Lo entiendes?».

Claro que lo entendía, él era un policía de esos que nacen; no de esos que se hacen. Él sabía perfectamente por qué volvían; solo esperaba que su madre, le contara el plan.

No te enteraste Mulet, no lo viste venir. Tu cerco se estrechaba. Pasaste un pequeño susto. La policía encontró el carro que tomaste prestado sin autorización en aquella gasolinera. Fuiste a chequearlo y había desaparecido. Ahí estaban tus huellas, tus rastros. Podía tratarse de otro robo, pero también de un plan; un plan oculto para caer sobre ti. Un plan de sentido obligatorio o de calle sin salida. Nunca se sabe. Llovió lo suficiente, pasaron meses que, para un detective, pueden ser siglos.

Quizá eso te despistó. Gracias a tu doppelgänger digital tenías motocicleta propia y una cabaña en alquiler del propietario del Sloppy Joe's Bar por una módica mensualidad. Lo tenías todo controlado. El bar era tu centro de operaciones. Viste algunos policías por allí interrogando, merodeando, pero desaparecieron, sin más, sin nada. Estás al tanto de los medios. Ves los telediarios, sobre todo los más carroñeros, esos fanáticos de escándalos y sucesos como los que tú provees. Ojeas los principales periódicos, es parte del servicio que invierte el bar en tu carrera literaria. Estás en las redes. No hay nada más simple que jugar a ser quien no eres; incluso puede ser divertido, cuando nadie querría tratar contigo, si de verdad te conociera.

Todo seguía en calma. Danger estaba muerta; muerta clínica o muerta en vida, que no es lo mismo, pero es igual. Todos muertos. Tendrías que ir pensando en tu futuro Mulet. Ser un fugitivo de por vida, es muy estresante. Solo tienes sexo con putas; cuanto menos, mejor. Solo tienes conocidos; aunque eso no te suponga demasiados problemas. Solo tienes enemigos; dispuestos a delatarte. Solo tienes a media humanidad deseando freírte en la silla eléctrica. ¡Qué tiempos aquellos Mulet!, en los que tenías a Blen a la espera que le durmieran, paralizaran y mataran, en ese orden, con una inyección letal lenta y dolorosa o que le frieran con voltaje por la cabeza en una incómoda silla con ciertos detalles metálicos conductivos. ¿Qué ironía! Ahora eres tú el candidato. ¿Lo has pensado Mulet? Quizá. Blen no pudo dormir hasta que lo asumió. *Las cosas pasan muy rápido y el tiempo muy lento, en un espacio muy escaso.* Fue duro, nadie sabe cómo lo asumió; pero, una vez aceptado no quería otra cosa. ¿A que es increíble? Deberías empezar a preocuparte. Ni siquiera tú eres infalible.

¿Sabes, Mulet? Hemingway no llegó a la última revisión de *Islas en el Golfo*, se voló los sesos antes. Su héroe, Thomas Hudson, gozó de esa extrema tensión entre el temor a la muerte y su exorcización mediante el peligro, se debatió entre ese sentimiento crónico de vaciedad de la existencia y la resuelta voluntad de buscar la plenitud de las sensaciones. Tú eres Thomas Hudson en otro tiempo, en otro lugar, en otro contexto. El destino de los que viven al límite es siempre el mismo. Pueden acabar tan bien como mal, no hay términos medios. Ese es el sentido de su existencia, el extremo.

No podías imaginar que Eddy sobrevivió a tu mierda de asesinato, el niño fue más listo que tú (sería difícil vivir con eso, superarlo); mucho menos que Wakamba Lee, alguien que no te suena de nada, es tu fallido Eddy Carmelo. No puedes imaginar que está muy cerca de ti; mucho menos, con su madre.

No le preguntaron. El plan secreto de Alina "tríncalo tú misma" pasaría por algo así como "hazte pasar por Danger" o provocar una noticia que despertara lo suficiente a la bestia para que corriera irresistible detrás suyo. No podía salir del país, como puede hacer cualquier ciudadano en una nación "normal". Cuba exige justificación para autorizar el privilegio de viajar; su doble nacionalidad podría ser necesaria, pero no suficiente. No tendría mucho sentido que una heroína, cuya *colaboración fue "imprescindible"*, en palabras del propio Tom, *para desmantelar una red delincuencial peligrosa, responsable de crímenes de extrema gravedad,* le denegaran la salida temporal del país por un asunto familiar. No sería racional que alguien que había estado "fuera" gran parte de su vida, no pudiera salir. Nadie albergaba la más mínima duda. Si vivía allí en La Habana, pudiendo vivir en cualquier parte, era solo porque quería; algo, por lo demás, muy congruente con sus rarezas. Pero, la pequeña indisciplina de no obedecer a la orden de regreso, ese atrevido desacato, que su padre solucionó con diligencia, estaba escrito en su expediente por los restos de los restos. A cualquier funcionario de emigración le podría parecer excusa suficiente para negarle un derecho "universal" y estropear el plan.

Hablaron con Martín primero y con Danger después. *Negativo*, fue su respuesta; aunque por razones muy diferentes. En realidad, Martín prometió consultarlo. Ellos no se fiaban, más allá de la excelente relación que tenían, del respeto a los derechos humanos por parte del estado cubano. Querían matarlo, pero no de un disparo "comunista" en la cabeza, sino en la silla eléctrica capitalista; después de un juicio con todas las garantías legales. Un disparo americano en la cabeza valdría lo mismo que un juicio, pero no podían confiar en la competencia ajena y con la presencia de la Interpol, menos. Era complejo; podía llegar a convertirse en un problema diplomático; cualquier cosa podría convertirse en un conflicto a la altura de la crisis de los misiles. En la relación histérica, paranoica, esquizofrénica y delirante entre ambos territorios cualquier fallo podría degenerar en una equivocación de dimensión planetaria.

Danger no dio motivos. Simplemente dijo: *No*. No prometió nada porque ella tenía un plan; un plan definitivo, como el que tramaba Alina, pero no en La Habana; un plan respetuoso con el orden mundial y cualquier tratado bilateral USA-Cuba. Su plan era bien distinto y para que funcionara, ni siquiera Martín o Suzie o Luther o John podían conocerlo. Se lo impedirían.

El plan de Alina fue rechazado. No podían arriesgarse a una entrada, legal o ilegal, de un personaje tan peligroso como buscado. No podían jugarse nada. Días después, Alina anunció que su abuela estaba ingresada, en estado muy grave, y tenía que viajar para estar con los suyos en lo que podría ser una despedida. De hecho, entregó un certificado médico como prueba de su irrefutable coartada.

Llegaron de noche. El vuelo aterrizó a plena luz, pero Danger y Eddy esperaron en la terminal, como si estuvieran de paso o esperando a alguien, a que fuera media noche, para regresar de incógnito a su domicilio. A esa hora era más que improbable que alguien, sin esperarles, les recibiera. Llegaron en taxi a su puerta alrededor de la una de la madrugada. La casa seguía tal y como la recordaba, excepto por el precinto que cruzaba la puerta en forma de cruz. Desactivó la alarma y, sin encender la luz, entraron. Ni siquiera los del MDPD estaban al tanto de esta especie de operación encubierta planificada al milímetro. Tomaron todas las precauciones y funcionó. Una vez dentro, reactivó el sistema de alarma y sin abrir ninguna ventana, ni encender una luz que pudiera delatarles, ni siquiera activando el aire acondicionado, se acostaron en la planta superior, en la cama que una vez fue de Danger y Sofía. Era como si esa casa no fuera suya, como si solo fueran dos fantasmas ocupándola ilegalmente, pero era su territorio.

La sensación fue muy extraña. Eddy revivió el peor día de su vida. Danger revivió la peor decisión de su vida. Era necesario, imprescindible. Se abrazaron en la puerta para que el dolor se repartiera mejor y no les desequilibrara, subieron sin mirar a ninguna cosa que no fuese la oscuridad y al llegar arriba, sin decir nada, fingieron dormir con lo puesto, cada uno mirando al lado opuesto, cada uno pensando en lo mismo, cada uno escuchando el reloj de su corazón que no paraba de dar campanadas.

Así fue su primera noche de regreso.

Los espíritus no existen, qué más hubieran querido ellos. Ninguno sintió las pisadas de Marlon, ni la sonrisa de Sofía, ni el susto del pobre de Phil. No se movió ninguna puerta, ni se abrió alguna ventana. No hubo chirridos, ni susurros. La noche se cerró apretada sobre el jardín, sobre los cristales, sobre su tristeza. Pasó muy lenta, con la prisa de siempre. Cuando llegó el día, evitaron levantarse. Cada uno fingió seguir dormido por temor a lo que pudieran encontrarse. Pero no podían seguir así el resto de sus vidas, ni siquiera el resto de la mañana. No podían desperdiciarla. Eddy se levantó y abrió las cortinas que daban hacia la piscina para que entrara luz. Los rayos corrieron por la sangre con el pulso a mil; podía sentir el flujo pulsante llegar y retirarse de sus dedos. La habitación de Marlon estaba ordenada. No había ni gota de tragedia, como si la hubieran barrido con lejía de la realidad. Todo estaba igual, lista para alquilar o vender a quien ignorara los terribles acontecimientos. Eddy hizo café para su madre y simuló despertarla. Ambos fingieron. Ninguno sabía qué debía hacer para no herir al otro; deberían aprender sobre la marcha.

Se sentó en la cama y le acurrucó un poco: *Gracias, está muy bueno*, dijo y luego estiró los brazos y avisó: *Hoy nos espera un buen día*; frase que podía entenderse, como casi todo, de mil maneras: un buen día de trabajo, un buen día para compartir, un día feliz o excepcional o un día complejo y difícil. Quién sabe. Hay expresiones cubanas que pueden significar lo mismo una cosa que, todo lo contrario; frases cargadas de ambigüedad, pulidas por el proceso evolutivo de la supervivencia. Eddy estuvo de acuerdo. Sería un buen día.

Limpiaron todo y empaquetaron todas las cosas de Sofía y Marlon. No podían cargar con tanto dolor. Había bolsas para la eternidad y bolsas para regalar, donar, o tirar. Ellos también tenían ropa desgastada o juguetes inservibles, como una familia normal. En la pared colgaba un dibujo tamaño A4 del pequeño Marlon. Sobre un fondo blanco, tres monigotes se alzaban sobre una pareja más pequeña siguiendo la figura de un árbol genealógico, sobre otros dos monigotes separados por una línea gruesa y oscura del resto. Arriba estaba Danger; a la izquierda con bíceps de Popeye. Sofía ocupaba el centro, un poco más oscura. A la derecha sonreía el donante; que sirvió para tener a Marlon. Debajo a la izquierda estaba Marlon, pequeño y cabezón y a su derecha Eddy Carmelo, fuerte como un roble. Luego la línea gruesa que delimitaba el suelo y debajo los padres de Eddy, caídos del cielo.

Era un dibujo precioso que ocupaba el centro de la enorme pared de fondo del salón, sin nada más a su alrededor. A veces se hacen cosas sin pensar en el futuro; sin imaginar cómo los garabatos se mueven en los folios, de un lado a otro, de arriba a abajo, pero no desaparecen. Nunca desaparecen.

Thomas Hudson estudió las tormentas tropicales durante años. Hudson podía pronosticar una perturbación antes que un barómetro la oliese, de solo mirar al cielo. Las nubes hablan con sus movimientos y formas. Si sabes leer sus señales, no solo sabrías cómo se desarrollaría la tormenta, sino cuáles precauciones deberías tomar para defenderte de ella. Hudson sabía lo que significaba vivir un huracán y sabía de los estrechos vínculos que establecía entre la gente obligada a soportarlo. Un huracán puede ser terrible, puede arrollar y destruir todo; sin embargo, si realmente se presentaba uno de tal especie y magnitud, Hudson prefería estar allí y volar por los aires con la casa, si es que esta volaba.

¿Tú dónde preferirías estar, Mulet? Tú no conoces el lenguaje de las almas. Las casas, las nubes y las almas hablan diferentes idiomas. Las almas hablan con sus movimientos y gestos. Tú no sabes leer sus señales, aunque las busques detrás de las letras y el silencio. Tú eres un experto en analizar los estragos de los huracanes de los cuerpos, pero no de los movimientos, ni los gestos, de las almas. Tú solo prefieres estar ahí, mirando al cielo; esperando que truene o que una ola de agua y viento levante una señal que te advierta qué hacer. Tú prefieres que la casa vuele sola, no contigo dentro.

¡Qué poco respeto han mostrado por ti, Mulet! Es inconcebible. ¡Con todo lo que hiciste por ese departamento! Lulú no se rio de ti, Mulet. No leíste las señales. Lulú no podía ser tuya, en exclusividad. Sabías como era. Por muy absurdo que te pareciera, ella no fornicaba por necesidad, sino por placer; es más, ella no tenía relaciones sexuales, ella singaba, follaba, cogía, culeaba, pisaba, montaba, clavaba. No se metía en líos para comer, sino porque los líos eran su alimento. Vivía al límite, en el filo de la navaja, entre las fibras de una horca, entre las puntas de un cable de alta tensión, sobre una cuerda floja mal sujeta, debajo de un huracán, sin techo, porque así, solo así, tenía sentido su contrato vital de convertir el oxígeno en dióxido de carbono. ¿Por qué tuviste que matarla? ¿Porque era muy rubia y muy alta? ¿Porque tenía el pelo casi blanco y rozaba los seis pies de altura? ¿Porque era uno de esos seres mitológicos que, de vez en cuando, se confunden y bajan a la tierra para vivir sus miserias? ¿Porque sus ojos, tan negros y brillantes, eran como dos faros capaces de atracar cualquier crucero en medio de una tormenta? ¿Por su voz grave y su risa nerviosa? ¿Porque era segura y lenta, de todos y de nadie? ¿Porque ni siquiera intentó amar a alguien en exclusiva? ¿Porque nació para el sexo? ¿Porque era promiscua y pervertida? ¿Porque le gustaba la gente; daba igual que fueran hombres o mujeres? ¿Porque le gustaba juguetear con palabras llenas de saliva y secreción? Nunca llegarás a saberlo porque lo cierto, es que no te importa. No la has echado de menos, ni de más. Ella era libre, como los girasoles de Van Gogh, y tú ni siquiera sabes si floreció algún arbusto donde la plantaste. Beck sigue cantando *Ella no sabe lo que pasa cuando está cerca/ Creo que estoy enamorado. Creo que estoy enamorado/ Pero me pone un poco nervioso decirlo/ ¿Y si está mal?/ ¿Qué pasa si está mal?*, y tú ni siquiera sabes si estaba bien enamorarse.

Quizá Lulú se fue con un ciclón y escupa desde esas nubes negras. No podía ser tuya, pero sí quiso ser de Blen. Desde que lo vio supo que debía ser suya; aunque fuera en esa forma de derecho real de goce sin pertenencia, no apta para todos los públicos. ¿Será por eso, Mulet? ¿Será porque los seres libres son escasos? ¿Porque solo pueden ser propiedad en usufructo gratuito? Lo hiciste por venganza, aunque no sepas identificar *por qué*, con exactitud. La venganza es ciega y necia y egoísta. La venganza no distingue a un ángel de un demonio porque no puede ver; no distingue un orgasmo de un alarido porque no puede oír; no distingue una caricia de un puñetazo porque no puede sentir. No distingue un temporal de un cielo apacible porque no conoce el lenguaje de las nubes. No existe barómetro para medir las perturbaciones del alma. Tú no eras un sumerio dispuesto a quedarse con el hijo de otro. Te vengaste de su desafío, de su victoria, de su descaro. Por eso el hijo de tu mujer con un amante no debía nacer, aunque eso le costara la vida. Por eso la mataste.

Alina ni siquiera tenía abuela. Sus padres vivían en España. Después de una larga carrera como diplomático y una aplaudida jubilación, ambos, aprovechando su doble nacionalidad, pasaban sendas temporadas en las playas de Marbella. Eso creía la mayoría. Alina, no. Su padre era del servicio de inteligencia. Es algo que podía ver con sus rayos ultra-verdes, por mucho que nadie más pareciera percatarse. Eso quizá, justifique que siga vivo y cerca de la mafia rusa de la costa mediterránea. Alina no tenía abuela, pero los ministerios en su desesperación de controlarlo todo, apenas cruzan información entre sí; algo que también sabe muy bien. Las redes no son redes, sino más bien varas de pescar con un solo anzuelo en la punta y mucha gente detrás.

Se despidió de sus colegas de la 10 con menos palabras de las que solía gastar y mucho menos gestos.

–Esperamos que se ponga bien –mintieron Tom y English.

–Gracias.

Ni siquiera bajó al sur; se limitó a llamar a su padre, desde una ya exótica cabina telefónica en Barajas, para saludarles.

–Un congreso –mintió.

–Cuanto me alegra, hija –siguió el juego su padre que luego le superó en mentiras y terminó pasándole el teléfono a la madre para hablar un poco del tiempo. Todo estaba bien. Entendieron que no pudiera "bajar". Ella agradeció que no pudieran "subir" y fue directo hacia el mostrador de American Air Lines para comprar un billete a Miami en el primer vuelo que hubiera disponible.

–Hasta mañana a mediodía no tenemos nada –sonrió la agente de venta de billetes.

–Pues mañana –confirmó y ahí mismo solicitó una reserva en el Hotel de Barajas, muy cercano y conocido, para descansar lo suficiente. Un pequeño autobús le llevaría y le recogería. Despachó sus maletas y solo llevó consigo lo suficiente para llamar a Danger.

Los hoteles de paso son como cualquier hotel, salvo que sus inquilinos suelen estar de promedio una noche. Comió un sándwich en el bar y subió a la habitación, se duchó para espantar al cansancio y una vez tumbada en la cama, con el telediario en la tele rumiando de fondo, se durmió. Después de diez horas de vuelo y más de catorce de viaje, los sueños suelen ser extraños. Se resisten al nuevo horario, al olor de las sábanas, al zumbido sordo de la calefacción central, a las voces políglotas que se cuelan por debajo de la puerta, a los golpes en las paredes. Todo es extraño. El cuerpo quiere dormir y la mente insiste en mantener la inercia de los días. Al final no hay descanso. Solo un duermevela en el que las pesadillas, a medio camino entre la realidad y el sueño, invaden el cerebro.

Estaba en Guanabo, en la casa de Dulce clavada en la playa. Danger abría las piernas, ebria de gozo, mientras Yeni se atragantaba en su coño. Era una especie de pulpo que todo lo succionaba. Dulce hablaba del mal tiempo. Había destruido el techo de su vecina. Eloisa no podía hablar; cada vez que lo intentaba una ola de sangre brotaba por los cortes abiertos de sus muñecas. Estaba pálida, muy blanca.

Alina estaba sola, desnuda, con un trago de vodka en la mano mientras, con la otra, pajeaba la verga enorme de un desconocido. El hombre jadeaba mientras Alina insistía en que Dulce le hablara de los huracanes. Vivir tan cerca del mar, rodeado de mar, es tan deseado como temido, o al revés. Les gustaba el cunnilingus; a Dulce también, pero Eloisa no estaba por la labor. El hombre se vino jadeando. Echó un largo chorro de semen que Dulce aprovechó para lubricar su vulva y meterse la maneta porcelánica de un mortero. Se corrió gritando: *cualquiera puede robarte la casa* y Alina pensó que debía vender su identidad.

Un estridente sonido le avisó que, aunque no se lo creyera, había dormido unas diez horas seguidas. Se despertó exaltada y excitada. Recordaba un sueño extraño y un huracán. Un ciclón había levantado un techo. Uno de sus primeros casos fue la decapitación de un hombre en medio de un huracán. Un cartel de zinc que recordaba: *Hasta la victoria siempre*, le separó limpia y asimétricamente la cabeza del resto. El cuerpo anduvo unos pasos. La cabeza desapareció. La suya dolía.

Se duchó, intentó aprovechar su lubricación matutina para masturbarse, pero le llevaría demasiado tiempo así que desistió y se concentró en la limpieza. Luego se vistió, bajó a desayunar y regresó al aeropuerto. Medio día después pisaba el Miami International Airport. La autorización ESTA, que gestionó e imprimió en La Habana, funcionó como si la hubiese tramitado desde Madrid. Una vez allí compró una tarjeta de prepago en el primer *stand* que encontró, justo a la salida de migración, con un saldo de veinte dólares, cambio la SIM en su iPhone y llamó a Danger.

–Estoy en Miami –dijo.

–¿En Miami? ¿Qué coño haces tú en Miami?

–He venido a verte.

Danger y Eddy no se adaptaron. Los regresos nunca son fáciles, algo se pierde siempre en el camino; algo, lo suficientemente importante para que las cosas dejen de ser lo que eran. El agujero de Marlon y Sofía absorbía toda la energía de la casa en un sumidero negro, profundo y largo que conectaba con las entrañas de la tierra, con todo lo desconocido.

Ambos eran conscientes; estaban de paso. Y no era que pensaran mudarse, sino más bien, que debían cambiar las circunstancias. Era un paso temporal, no espacial; debían salvar esa brecha de tiempo para todo recuperara cierta continuidad, cierta organicidad. Durante más de una semana la casa no cambió, a pesar de carecer de precinto. Los chicos del MDPD pasaron a saludar, pero no era momento de celebraciones. Todos los cristales que daban al exterior permanecían ocultos por sendas cortinas que ni siquiera sabían que existían. Todo estaba apagado, solo iluminado por una luz artificial tenue, pasajera, circunstancial. Todo estaba a la espera de salvar esa brecha, en función de esa espera.

Días después lo único que cambió en todo el paisaje colindante fue un enorme cartel de SE VENDE, en la puerta, a pie de calle, muy cerca de la acera. Eddy se encargó de todo.

Llamó a las inmobiliarias más influyentes y les convidó a vender su casa. La dirección siempre sonaba conocida, no porque fuera un lugar realmente valioso, sino por algo que nadie podía explicar con claridad; como si fuese un *déjà vu*. Todos la vieron en algún telediario, fue un escándalo. Todos contemplaron la salida de unos cuerpos de aquel lugar, aunque no distinguieran si se tratara de Phil, Sofía, Marlon o Eddy; aunque no contaran el número. La policía ocultó ese dato para salvaguardar al adolescente. Evitaron cualquier incursión de la prensa. No pudieron controlar la filtración de determinadas imágenes, pero sí de la película completa. Ese estado inconcluso solo da lugar a la especulación *a posteriori*, no *in situ*, a un *déjà vu*.

Eddy llamaba y se presentaba como el sobreviviente de aquella terrible tragedia familiar. Dejaba perplejos a la mayoría de los agentes inmobiliarios, vender una propiedad maldita es una maldición, pero alguno le sacaría partido. Los resilientes saben como comerse los huevos de un ave mal herida sin que les saquen los ojos. Ellos no tienen la culpa de lo trágica o injusta que pueda ser la vida. Hay quien invierte en lo extravagante, pérfido, perverso, siniestro. Pagan muy bien. Lo saben los periódicos sensacionalistas.

Algunos agentes inmobiliarios se presentaron en la residencia. No necesitaban las medidas, ni el estado de conservación del inmueble. Disponían de planos e informes de peritos. Querían carroña. Querían ver el escenario del horror. Querían ver al protagonista adolescente. Él les abría la puerta y les invitaba a entrar con los modales que sus madres, le habían enseñado: *pasen, siéntanse como en su casa*, y eso les provocaba escalofrío y morbo a partes iguales. *Vivo solo*, insistía, *en cuanto venda la propiedad me iré a otro estado*.

Danger escuchaba desde su escondrijo improvisado con un arma en la mano, lista para salir y en un segundo, volarle la cabeza a cualquiera.

El precio era inigualable, irresistible. Debía ser un acto de transacción fácil y rápido y así fue.

Por fin llegó la nube que esperabas, Mulet. Una pareja hablaba del asunto a tu lado. *Has visto, el niño hijo de las policías, ese que parecía que le habían asesinado con su familia, ha vuelto. Mira este video.* Todas tus alarmas se encendieron, Mulet. Por fin. Pusiste la oreja. Tenías que ser discreto, pero no podías pasarlo por alto. Solo una vez cada cuatro años hay uno bisiesto. Tus sentidos tomaron nota. Te fuiste al apartamento usurpado, con tu identidad comprada, sin terminar siquiera tu supuesta jornada de falsa escritura en el bar. Abriste el portátil y lo buscaste. Estaba en todas partes. Era "la noticia".

Te dio un arrebato. Ese mocoso, hijo del que una vez fue tu compañero, Edward Carmelo, se burlaba, te retaba. Danger estaba fuera de servicio, *off*; pero él te podría llevar hasta ella para terminar tu trabajo. Lo sabías. La gente cree que los caimanes mantienen la boca abierta largo tiempo para obtener su recompensa. Tú también, pero no es cierto. Lo hacen para refrescarse mientras suda por la boca. Cuidado con la precisión Mulet, creer una cosa por otra no es buena idea; aunque se trate solo de una metáfora.

Sentiste un subidón de adrenalina que te devolvió el sentido. Diste vueltas y vueltas alrededor del mismo lugar y en cada vuelta surgía un plan mejor al anterior. Debías actuar rápido;

no podías dejarlo escapar. Debías actuar lento; no podías fracasar. Las casas pueden estar protegidas; es el descuido, la negligencia o la imprudencia de sus habitantes lo que las desprotege, lo que las expone al peligro. Ahí está el fallo de seguridad. Siempre el humano. Las máquinas trabajan sin parar, sin quejarse, sin fallar, pero el ser humano es defectuoso. A veces ni siquiera puede explicar por qué decide hacer una cosa y no otra, cuándo obedece a la razón o a la intuición, en qué se equivoca. El error es humano; esa es tu oportunidad y tu talón de Aquiles. ¿Por qué Sofía abrió la puerta? ¿Exceso de confianza? ¿Descuido? Quién sabe. Casi siempre contratas un servicio de seguridad para que te proteja, no para que te mate; contratas a un banco para rentabilizar tus ahorros, no para que te robe; contratas a un taxi para que te lleve a un destino, no para que se pierda. Solo en el mundo al revés, en el negativo, ocurre todo lo contrario de lo que se desea. Lo que pasa es que cada vez cuesta más diferenciar lo que está derecho de lo que está torcido, lo que está arriba de lo que está abajo, lo que está bien de lo que está mal.

Tú Mulet, sabes lo que es el mundo al revés mejor que nadie. Tú, el mejor investigador, ahora eres el peor delincuente. Tú, el sabio, eres un necio. Tú, el bello, eres despreciable. Así son las cosas, por eso debes prestar suma atención. Ya vez que hasta tú mismo puedes fallar. Ahí tienes a Eddy como prueba. Una prueba que ensucia más, si cabe, tu imagen; pero, sobre todo, una prueba de tu ineficacia, de tu mediocridad, de tu incompetencia.

¿En qué debías convertirte esta vez, camaleón? Debías ser transparente pero no se puede, debías ser insignificante, muy insignificante, tan insignificante que ni siquiera el resto de insignificantes reparara en ti. Deberías ser nadie.

Alina se presentó en la puerta. Eddy le abrió. No tenía cara de compradora, ni de agente inmobiliaria, ni siquiera de curiosa. Tenía aspecto de diosa. Era una mujer grande, proporcionada y bella con aura de súper heroína.

–¿Quién eres? –le preguntó Eddy como si la conociera.

–Soy una vieja amiga de tu madre –Eddy la miró de arriba a abajo; tan diferentes físicamente y tan iguales en algo que percibía, aunque no fuera capaz de ver, oler, oír, saborear o tocar–. ¿No me invitas a pasar?

Eddy abrió la puerta y pudo verla. Era enorme, firme, esbelta, escultórica. Danger se irguió desde el sofá, pistola en mano, y avanzó hacia su encuentro.

–¿Estás loca? –fue el saludo retórico de Alina.

–Ya me conoces. Somos tal para cual.

–¿La trampa de SE VENDE es lo más insensato y peligroso que se te pudo ocurrir? ¿No había otra idea mejor que usar a Eddy como cebo?

–Bienvenida –le dijo mientras le abrazaba y Alina se dejaba abrazar–. Eddy, esta es Alina, la mujer que bebía los libros.

–¿Entiendo que ha abierto la puerta porque sabía que era yo?, ¿no?

–Entiendes bien.

Danger y Eddy engañaron a todos sus amigos del MDPD, pero a Alina no. Ella hubiera hecho lo mismo; habría elegido lo más eficaz, no lo más ético. La ética es para lo que sienten necesidad de justificar sus actos morales. La "lógica" de la ética es la lógica externa de la sociedad. El sentido común es más práctico. La "lógica" del sentido común es la lógica interna del cerebro humano. Ahí estaba Alina, para sumar, para acabar de una vez y por todas con Mulet, para aplastarlo. Solo necesitaban que asomara la nariz.

Se pusieron al día. No le preguntó cómo había llegado hasta allí, ni la odisea correspondiente, porque podía imaginarlo. Nacer con ciertos privilegios tiene sus ventajas, para quien sabe aprovecharlas. En la Cuba revolucionaria, ser extranjero, tiene su premio; el plan de futuro del viejo zorro seguroso de su padre fue impecable. Después de todo un día "diferente" a los últimos cuatrocientos días, cuando parecía que todo estaba agotado, Danger le preguntó con la mayor educación que pudo:

–¿Dónde te hospedas?

–Aquí –respondió Alina.

El plan estaba en marcha y no había vuelta a atrás. Alina se instaló en la habitación de Marlon y movió todos los hilos ocultos de la red. Actuaba como si fuera una extensión de Danger, como si se tratase de un solo cuerpo y dos cabezas. Generó los rumores necesarios e incluso activó la categoría de primicia en la prensa amarilla. En un vídeo casero Eddy contó los pormenores de ese fatídico día. Le dejaron improvisar y él aprovechó para su exorcismo. Habló con un tono pausado y tranquilo, con numerosas pausas interminables que reforzaban su angustia:

Mi madre no estaba. Había tenido que viajar a Washington. Fue una urgencia. Esa noche fue como cualquiera. Nos acostamos y en la madrugada escuché ruidos. Alguien tocó la puerta, después sentí como Sofía bajaba las escaleras. No estaba sola... varios amigos se turnaban para pasar la noche en casa. Querían protegernos. ¿Qué mejor que un policía para que te proteja? Escuché varios sonidos secos... conozco como suenan los disparos con un silenciador... y tras esos sonidos el ruido que producen los cuerpos cuando caen... chocan con muebles, con las cosas que están por ahí, en cualquier casa... el cuerpo cae contra el suelo de cualquier manera porque cae muerto. Sentí muchos ruidos, como el de una cabeza cuando revienta o una pelota pesada cuando choca con algo muy duro, después escuché pisadas por las escaleras... Subía con prisa. No me dio tiempo a salvar a Marlon, mi hermano pequeño. Él no se enteró de nada. Sentí los mismos ruidos en su habitación y luego en la mía. Parecía una mujer, pero era un hombre haciéndose pasar por una mujer. Era Federico Mulet. Lo se porque habló y conozco muy bien su voz. Dijo: *Zorra, aquí tienes tu merecido...* y salió corriendo. Los mató a todos.

Luego contó como había llamado, cómo le habían protegido y cómo, definitivamente, había perdido todo. La policía ocultó su identidad, pero él ya no podía más; había vivido el año más largo de estar muerto.

No creo que ese cobarde vuelva para terminar la chapuza que hizo. Tengo miedo, si; pero él seguro tendrá más que yo. Andará por ahí, escondido como una sucia rata. Yo ya no tengo nada más que perder. Solo quiero la casa para recuperar a mi madre, desahuciada en un algún psiquiátrico cuyas señales es obvio que no voy a dar, y empezar una vida bien lejos de Miami, fuera del alcance del que fuera Jefe del Laboratorio de Criminalística de la Policía de Miami-Dade Federico Mulet.

El impacto del vídeo fue brutal. El objetivo de la magistral campaña de *crowdfunding* encubierta de provocar temor, llegar a Mulet y asustarle surtió más que el efecto esperado, activó la desesperación. Mulet debía actuar rápido, estaba obligado a correr; era la última oportunidad clara para acabar con él y quizá con Danger. Las ofertas llovieron y la casa se puso en subasta. Muchos periodistas se acercaron, pero la puerta se mantuvo cerrada a cal y canto; incluso a los posibles interesados. En las *webs* de las inmobiliarias sobraban fotografías para una propiedad cuya transacción jamás se cerraría. Quedaba solo un problema técnico que resolver: el MDPD.

Hasta el mismísimo Sheriff Hartman llamó entre alarmado, consternado, confuso, traicionado, y un largo etcétera de adjetivos, ninguno bonito. Danger insistió en que solo querían vender la casa. No había nada más. Solo eso. Finalmente, el Sheriff fingió tragarse la farsa y llamó a Martín a su despacho. Debía decidir si abandonarlos a su suerte o vigilarlos de cerca. Optó por lo último.

Martín le advirtió: *estamos en un caso complicado, muy complicado.* Danger lo agradeció, le creyó, pero se apartaban para vigilarle, para protegerle y eso pasaba por proteger, a partes iguales, la integridad física de Mulet. En Florida matar a alguien es legal, pero deben darse cierto supuestos. La función del MDPD no era salvar a Mulet, sino evitar que Danger sobrepasara alguno de esos supuestos. Eso la condenaría para siempre. El Sheriff Hartman fue claro: *si tiene matarlo que lo haga dentro de su casa.*

La llaman la Doctrina del Castillo, pero todos saben que el Castillo Medieval es cada vez mayor a ojos de la jurisprudencia anglosajona. Es legal matar a alguien en tu trabajo, en tu vehículo e incluso donde tengas, como individuo, derecho a estar. *Alto o disparo.* Todo sea perdonado si es en defensa propia.

El papel del MDPD no era tanto proteger a Danger, sino asegurarse de la justificación. Ajuste de cuentas, venganza, premeditación. Nada complejo. Ellos son la ley, por encima de Mulet y de cualquier otro ciudadano. Su plan era defender a Danger de ella misma hasta que vendiera la casa, pero había cosas que no encajaban. El vídeo de Eddy portaba mucha más información para quien supiera leerla, mucha lluvia para tan pocas nubes. Ellos no se lo tragaron del todo.

Nunca hablaron de irse. Danger no estaba oculta en ningún psiquiátrico, sino en su propia casa. No salía ni a la piscina, sellada a prueba de rayos X. En esas pequeñas mentiras estaban las claves. Danger le preparaba una emboscada. Lo que ni siquiera imaginaron era que Eddy era la diana.

Danger hizo como si les creyera y ellos se lo devolvieron y entre todos se mintieron y no fueron felices; aunque Martín era consciente, igual que el resto, que, de ser clara y meridiana, le impedirían cualquier intento de venganza, violencia o vendetta o cualquier palabra que empiece por v, sinónimo de destrucción. No podían. Ellos debían proteger, al menos fingir que protegían, un código ético; por mucho que la ley *Stand your Ground* sirviera como una gran tapadera para otro tipo de crímenes. Es complicado. El orden en el Estado de Florida es complejo.

Alina instaló un programa de detección de identidad en base al comportamiento y así podían registrar y supervisar cualquier movimiento anómalo en un perímetro de cincuenta metros, tanto de día como de noche. Esperaban a Mulet, estaban listas, debían ir un paso por delante. El primer sujeto "sospechoso" resultó ser una mujer del recién estrenado servicio municipal de limpieza que no se comportaba como si fuera del servicio de limpieza. Solo hizo falta acerca el *zoom* hasta su cara y comparar con las medidas biométricas estimadas para saber que se trataba de Suzie.

Danger se puso nerviosa, podían poner en peligro su plan. ¿Debería alejarlos? Alina le tranquilizó. Solo querían protegerlas. Mira la parte positiva. *El invento funciona.* Uno a uno todos los amigos de la MDPD y otros desconocidos fueron desfilando por la pantalla con el perfil enmarcado en un halo y un primer plano de su cara para terminar en una base de datos de "sospechosos" o falsos. La rutina consistía en provocar un poco y revisar los últimos registros en las tablas; o al revés. Mulet no daba señales de vida.

La única manera de ser nadie, Mulet, es ser igual que todos. El ego fabrica todo su decorado en base a la evaluación, la comparación y el juicio. ¿Qué podrías hacer tú por tu ego, Mulet? ¿Cómo podrías liberarte de ti mismo? No tienes demasiado tiempo para eso, por muy vital que sea para triunfar. Para ser nadie debes matar a todos tus yoes. Parece sencillo, pero es mucho más fácil matar a otro que a algún yo. Tendrás que elegir un atajo, una caricatura, un arquetipo de ser nadie; algo que por imperfecto es comprometedor, aunque práctico.

Puedes creer que has estado mucho tiempo contemplando seres corrientes, pero no es cierto. Si reparas en ellos es porque son alguien. No puedes pensar en nadie, porque han pasado desapercibidos, inadvertidos, como el silencio o el vacío. Son esas personas las que hacen que las otras existan. *El silencio es el ruido más fuerte*, dijo Miles Davis. El problema es que tú solo has sido ruido, oculto en el ruido infernal de la ruidosa vida de Miami. Todo es ruido, Mulet. Solo los que aprendan a distinguir señal en el ruido serán los mejores; serán los dueños de su futuro.

Piensa Mulet, tiene que haber otra manera. Los locos, Mulet, los locos son nadie. No son ni ellos mismos, porque no saben quien son. No tienen yo, ni ayer, ni mañana. Tienen un yo ahora y otro un segundo después. Viven el momento; sin estaciones, ni día y noche, ni realidad y ficción. Tienen un yo que puede hablar con otros yo; no necesitan el otro porque pueden multiplicarse en muchos, les gusten más o menos. No se puede distinguir a los locos de los cuerdos, la etiqueta de loco solo es un pasaporte para el limbo expedido por un supuesto cuerdo que no es más que un loco que ha escapado al proceso de etiquetado y así sucesivamente como en la historia del huevo y la gallina. Eso es, Mulet, el limbo. El limbo es el multiverso que los cuerdos buscan desde siempre. Los locos no evalúan, comparan y enjuician, porque para los locos todo es susceptible de ser tan real como ficticio, tan bueno como malo. No existe una única perspectiva. Los locos son nadie porque son todos iguales... locos. ¿Tú mismo qué eres, Mulet? Estás cuerdo porque estás fuera o estás loco y no estás dentro. Los locos son invisibles. Para ellos el ruido no existe, todo es señal.

–¿Por qué dijo mi madre que tú eres la mujer que bebía los libros?

–Porque leo mucho –Eddy había conectado con la rarita de la amiga de su madre; en el fondo era una variante de la misma naturaleza.

–A mí también me gusta mucho leer. No aguanto la estupidez.

–Piensa que, como poco, podría ayudar a prevenir el Alzheimer –Eddy la miró incrédulo.

–Gimnasia cerebral.

–Mi madre dice que tú eres la persona más inteligente que ha conocido. Que tienes muchas carreras.

–También está bien la música.

–Me gusta hacer esas cosas difíciles que haces como si fueran fáciles.

Tiempo tenían para hablar, excepto porque Alina no era demasiado conversadora. Eddy también le caía bien. Era un adolescente maduro, un hombrecito pequeño. No había ninguna duda que era hijo de su madre, por muy poco probable que fuera haberlo parido. Danger se sentía; como hacía tanto tiempo, que había perdido la noción de lo que era sentirse bien; como cuando empezó a trabajar y conoció a Sofía.

Alina era una especie de ángel de la guarda que se movía por la casa como si hubiera vivido en ella todo el tiempo. Mientras esperaban, enseñó a Eddy a trucar fotos que enviaba supuestamente desde Madrid y Valencia por Signal a English para mantenerles tranquilos.

Eddy no parecía preocupado, aunque sí alerta. Desde que publicó su vídeo, tomaba el autobús para ir al colegio casi en la puerta de su casa; si todo estaba despejado y al regreso lo mismo. Danger le enviaba un WhatsApp confirmándole que todo estaba en orden y él bajaba y desandaba el corto camino hacia la puerta. De lo contrario, debía seguir de largo y esperar a que le alcanzara. Por lo demás, la casa parecía vacía. Incluso la compra de la comida, la encargaban para que su entrega coincidiera con la presencia de Eddy en casa. Bajo todos los efectos prácticos, Eddy vivía solo, en espera de vender su casa para recuperar a su madre y largarse.

Todo fue así hasta que un día el invento dio la señal de alarma tan esperada. Un loco se comportaba de manera extraña, exagerada. En todas las ciudades hay determinada proporción de locos; al menos existe un grupo que otro ha etiquetado y marginado como tal. Suelen vivir en la calle o en pequeñas casas de acogida. Su comportamiento podría parecer errático e impredecible, pero incluso en el caos existe cierto orden. El programa no lo pasó por alto y una vez detectado, Alina activó una opción de Seguimiento que debía enfocar su atención en ese individuo y rastrear y guardar y alertar de todos sus movimientos. Ninguno de los tres hizo demasiado aspaviento, el plan había funcionado. Mulet había salido de la madriguera y lo tenían controlado. Por fin, estaba ahí.

Siempre hubo locos por el barrio; pero, lo más curioso, era que ninguno de sus amigos lo detectara. Seguían apareciendo en la pantalla con sus falsos perfiles, ya conocidos por Danger y Alina, y aunque hubiera un personaje nuevo, el escenario y el guion seguían su curso improvisado en absoluta normalidad.

Mulet combinaba ropa de hombre y mujer colorida y peleona; por ejemplo, podía tener una gabardina encima y una falda debajo, rayas y lunares y flores y colores lisos llamativos. Solía ponerse unas gafas de pasta enormes y extravagantes, incluso con luces, típicas de ferias y tiendas de disfraces. No tenía pelo; escondía la supuesta calva con algún sombrero lo suficientemente grande como para ocultar con su ala una parte de su rostro; usaba collares, aretes, pulseras, varios relojes; todo brillo, todo ruido. Era una especie de museo de la extravagancia mal combinada. Solo así consiguió ser invisible. Es cierto que todos le miraban, pero no a él, sino a su camuflaje; todos se quedaban en la superficie. No parecía claro que él se percatase de sus antiguos conocidos; aunque Danger y Alina dudaban que lo pasara por alto. Había llegado el momento de devolver el golpe.

Alina lo desconocía; pero el plan estaba en marcha. Eddy sabía que debía hacer. Danger sabía qué haría y qué debía hacer bajo una enorme lista de supuestos condicionales. Una mañana de un sábado temprano, cuando la App de Alina solo indicaba que el falso loco Mulet dormitaba debajo de un árbol, Eddy abrió la puerta y salió. No había nadie del MDPD. Alina intentó correr a la puerta y detenerlo, pero Danger se adelantó, puso un arma en su mano y le pidió que se quedase en la cocina. Ella estaría en el salón, esperándole. Desde su escondite podía verle. Pudo ver cómo Eddy caminó distraído hasta el buzón, lo abría con calma y lo cerraba tras extraer alguna publicidad. Pudo observar que Mulet no lo pasó por alto. Pudo comprobar cómo le miraba y como Eddy en su regreso se erguía para abordarle. Eddy se dio la vuelta. Tuvieron una pequeña charla. El objetivo de Mulet era llevarlo a un lugar discreto; el de Eddy era meterlo dentro. Allí no era probable que pasase nada más.

Después de un breve diálogo, en el que Eddy fingió hablar con un loco y Mulet con un ingenuo adolescente, Danger los vio acercarse a la casa. Eddy había dejado la puerta abierta y Mulet había aceptado entrar para desayunar un bocadillo con beicon. Iba tras suyo.

Eddy entró y a continuación lo hizo Mulet. Una vez dentro se lanzó sobre Eddy y le amenazó con cortarle cuello empujándole hacia la cocina.

–¿Dónde está la zorra de tu madre? –preguntó amenazante.

Danger salió a su encuentro.

–Suéltalo o te vuelo la cabeza –Mulet no lo esperaba–. Voy a contar hasta tres.

Eddy estaba entre ambos. Apenas pudo pensar. Antes de llegar a dos sintió el cañón de una pistola en su nuca y una voz igual de amenazante.

–Suelta ese cuchillo ahora mismo o te vuelo los sesos.

Estaba perdido. Soltó a Eddy y lanzó el cuchillo al suelo.

–Sube Eddy, por favor –le ordenó su madre. Estaba perdido. Había caído en la trampa. Ni un milagro podía librarle. Danger se le acercó mucho más rápido de lo que imaginaba con el arma apuntándole a la cabeza–. Apártate Alina –ordenó. Alina obedeció, apartándose todo lo posible para que el baño de sesos no le alcanzase–. Vas a morir hijo de puta.

Solo faltaba apretar el gatillo. Mulet estaba perdido. Alina expectante. *Bye, bye, Mulet*.

–¡Danger! –gritó Martín desde la puerta–. ¡No lo hagas!

Danger no contestó. No podía. Solo veía una diana enorme entre las cejas de Mulet. Detrás de Martín surgieron varias sombras. La máquina había fallado. Todos estaban ahí, expectante. Todos estaban ahí, para protegerle.

–¿Dónde está Eddy? –preguntó una voz amiga.

–Arriba.

–No lo hagas, por favor. Lo tenemos. Deja que la justicia haga su trabajo.

Danger no movió un músculo, no respiró, solo era ojos y rabia y desesperación. Al final apretó el gatillo y la oreja izquierda de Mulet voló en pedazos. Después bajó el arma.

–Te juro que como no te frían en la silla eléctrica te buscaré donde sea que estés y te volaré los sesos.

Mulet berreaba mientras manaba sangre de su cabeza. Defensa propia, declararon los testigos, no hizo falta que interviniera.

Caíste en la trampa Mulet. No se puede subestimar a nadie, Mulet; a nadie. Danger no sabe lo que son los límites; quizá esa es la mejor definición de la locura. Te esperaban, te pusieron un cebo y picaste. Eddy heredó la locura imposible de su madre. Cada uno lo hizo por el otro y por los que no estaban ni podían estar más. Por el pasado y por el futuro. Tenían razones de sobra. Solo ellos, podían detenerte. Ni la policía, ni los federales, ni la Interpol tenían la llave de tu escondrijo; solo ellos y no se lo podían pedir, lo mismo que no se lo podían impedir.

El desprecio ya lo conoces, pero no imaginas lo que te espera. Ahora sabrás primero lo que es ser Blen y después lo que es ser Lulú. No te descuartizarán. Quién sabe cómo acabarán contigo; pero no te quepa duda, no tienes alternativas. Tienen toneladas de pruebas a la espera de aplastarte. El Sheriff Hartman lo explicó con lujo de detalles en una declaración inédita que retransmitieron en cadena la WSVN, WLTV, WPLG, CBS, WFOR, NBC, ... Todos querían enterarse. Todos opinaban. Todos condenaban. No hay nada peor que un agente de la ley que traicione la ley. Nada peor. La tumba seguía abierta, pero todo el país te veía con un pie fuera y otro dentro.

Alina llamó a Tom y le puso al día con todos los pormenores de lo que fue capaz. *No he oído nada. Esta conversación nunca ha tenido lugar,* fue su última frase; la primera, muy distinta, fue: *Por fin.* Ya hablaría con Danger en un momento más oportuno, pero no podían estar más felices. Luego le reclamó su presencia. Tendría que regresar a España para volver. *Les mandaré alguna foto más,* se rio de su mala broma.

De cierta manera sintieron que una parte de Danger regresaba con ella, que una parte de ellos se quedaba con Danger. Quizá, quizá algún día podrían verse en alguna parte. En La Habana, en Miami, o en territorio neutral. Todos preferían que fuera lo primero o lo segundo, que no hubiese más división de la que cada ser, haciendo uso de la autoridad que le es conferida como individuo, dibujase en su mapa. Los territorios neutrales son una farsa para los eternos enemigos. Nada es menos neutral que lo neutral.

Danger retiró el cartel. La noticia circuló por todos los telediarios y las ofertas de ventas se multiplicaron, pero la casa nunca estuvo en venta, ni antes, ni ahora, ni después. La recuperaron dejando que la luz entrara por todas partes, habitándola. La vida siempre se cuela por la más mínima rendija. La pintaron de blanco hueso y cambiaron los muebles. El dibujo de Marlon hizo hueco al de Danger para conservar la simetría del salón. La habitación de Marlon se convirtió en un estudio-biblioteca que Alina y Eddy inundaron de libros, un buen portátil y algunos equipos para grabar su música. La piscina recobró su azul pastel con brillos y la casa de dos plantas, amplia y confortable, moderna y atrevida, recuperó sus costumbres. Danger rescató su delicada bata japonesa para abrigar su desnudez húmeda, y volvió a beber cervezas en la isla de su cocina y a comer hamburguesas con los suyos.